OS ÚLTIMOS JOVENS DA TERRA
E A CORRIDA DO FIM DO MUNDO

MAX BRALLIER & DOUGLAS HOLGATE

Tradução Cassius Medauar

COPYRIGHT © 2021 BY MAX BRALLIER

ILLUSTRATIONS COPYRIGHT © 2021 BY DOUGLAS HOLGATE

PENGUIN SUPPORTS COPYRIGHT. COPYRIGHT FUELS CREATIVITY, ENCOURAGES DIVERSE VOICES, PROMOTES FREE SPEECH, AND CREATES A VIBRANT CULTURE. THANK YOU FOR BUYING AN AUTHORIZED EDITION OF THIS BOOK AND FOR COMPLYING WITH COPYRIGHT LAWS BY NOT REPRODUCING, SCANNING, OR DISTRIBUTING ANY PART OF IT IN ANY FORM WITHOUT PERMISSION. YOU ARE SUPPORTING WRITERS AND ALLOWING PENGUIN TO CONTINUE TO PUBLISH BOOKS FOR EVERY READER.

COPYRIGHT © FARO EDITORIAL, 2022

Todos os direitos reservados.
Nenhuma parte deste livro pode ser reproduzida sob quaisquer meios existentes sem autorização por escrito do editor.

Milkshakespeare é um selo da Faro Editorial.

Diretor editorial: **PEDRO ALMEIDA**

Coordenação editorial: **CARLA SACRATO**

Assistente editorial: **LETÍCIA CANEVER**

Preparação: **GABRIELA DE ÁVILA**

Revisão: **CRIS NEGRÃO**

Capa e design originais: **JIM HOOVER**

Adaptação de capa e diagramação: **SAAVEDRA EDIÇÕES**

Dados Internacionais de Catalogação na Publicação (CIP)
Jéssica de Oliveira Molinari CRB-8/9852

Brallier, Max
   Os últimos jovens da terra : e a corrida do fim do mundo / Max Brallier, Douglas Holgate; tradução de Cassius Medauar. — São Paulo : Milkshakespeare, 2021.
   320 p. : il.

   ISBN 978-65-5957-246-5
   Título original: The last kids on Earth and the doomsday race

   1. Literatura infantojuvenil 2. Histórias em quadrinhos I. Título II. Holgate, Douglas III. Medauar, Cassius

22-5651	CDD 028.5

Índice para catálogo sistemático:
1. Literatura infantojuvenil

1ª edição brasileira: 2022
Direitos de edição em língua portuguesa, para o Brasil, adquiridos por FARO EDITORIAL

Avenida Andrômeda, 885 – Sala 310
Alphaville – Barueri – SP – Brasil
CEP: 06473-000
WWW.FAROEDITORIAL.COM.BR

Para Alyse e Lila.
— M. B.

Para o Clube de Luta com Bastão
da Escola Alice Miller.

VICTORIA NON SINE VULNERIBUS
"Não há vitória sem ferimentos"
— D. H.

Estou colocando gasolina no meu BuumKart, e June está me dizendo que não temos tempo.

E eu sei que não temos mais tempo.

Eu sei que o Maiorlusco, um enorme monstro centopeia carregando o Shopping Millennium nas costas, está vindo em nossa direção.

Cara, eu gostaria de poder voltar para três minutos atrás...

Três minutos atrás, as coisas estavam boas! Eu e meus amigos, Quint, June e Dirk, estávamos bem!

Estávamos no meio da estrada comemorando uma vitória duramente conquistada no parque aquático Aqua City. Tínhamos derrotado o monstro Blargus, sobrevivemos ao exército de esqueletos de Thrull e escapamos com o Babão, a pequena criatura de aparência bizarra que secreta a Ultragosma. Esse líquido estranho é, talvez, a chave para derrotar Thrull de uma vez por todas.

Sim, três minutos atrás era um momento de foto...

Mas então vieram os estrondos, como se fossem uma tempestade, dando origem a um terremoto.

O mundo começou a tremer. Minhas entranhas começaram a tremer.

Porque nós vimos...

— O Maiorlusco — June falou. — Ele voltou.

— O que significa que temos que correr — Dirk respondeu. — E rápido.

Então, agora, meus amigos estão em seus BuumKarts com os motores ligados, mas eu ainda estou botando gasolina.

Na verdade, espere, não, eu só pareço estar botando gasolina. Na verdade, estou apenas de pé na bomba, em transe, olhando para minha mão. Não a minha mão normal.

A Mão Cósmica.

A Mão Cósmica é a minha luva de tentáculo de monstro coberta de ventosas que está sempre enrolada em meu pulso e mão. Sem ela, não consigo empunhar meu taco de beisebol afiado: o Fatiador. E é o Fatiador que tem o poder de comandar e controlar zumbis.

Estou olhando para a Mão Cósmica agora porque estou percebendo que ela mudou. Parece mais, não sei, *substancial*. E sinto ela *diferente*.

E acho que sei o que causou essa mudança...

Em Aqua City, eu fiz algo bem difícil. Controlei um zumbi *sem* o Fatiador. Pela primeira vez, consegui controlar um zumbi com a minha *mente*.

Como eu *pensei* nisso? De onde veio a ideia de tentar controlar zumbis com a minha mente?

O Fatiador tem o poder de controlar zumbis, sim, mas funciona de uma maneira muito *específica*. Eu digo as coisas que quero que os zumbis façam e então eu balanço o bastão e os zumbis fazem as coisas.

Mas NÃO é telepatia do tipo "fechar os olhos e pensar muito e depois falar com os zumbis usando a minha mente!".

Eu ter pensado em usar a minha mente para isso é bem... estranho! Seria como sentar no sofá jogando *Mario*, batendo no controle e pensando: "Ei, quer saber? Esqueça o controle! Vou apenas controlar o Mario COM A MINHA MENTE".

Mas foi o que eu fiz.

E funcionou. Eu controlei um zumbi com a minha mente.

E *tenho* que contar isso aos meus amigos.

— Pessoal! Não contei uma coisa! Lá no parque aquático, eu usei, tipo, PODERES MENTAIS para...

— MANO! — Dirk grita. — VOCÊ TÁ VENDO AQUELE MAIORLUSCO? NÓS TEMOS QUE IR AGORA!

— Mas isso é...

SCREECH!

June acelera, deixando borracha queimada em seu rastro. Ela gira o volante, pisando no acelerador e vem em minha direção.

— Entre no seu KART! E ACELERA! — June ruge pra mim.

— Certo, tudo bem, caramba — murmuro. — Mensagem recebida. Só precisava dizer isso uma vez.

— AGORA, JACK! — June ordena e, desta vez, eu escuto. A bomba de gasolina bate no chão enquanto eu pulo atrás do volante do meu BuumKart.

Aceno o Fatiador e grito um comando para meus zumbis.

— Alfred, Esquerda, Glurm! Subam!

Meu trio de zumbis responde, pulando no para-choque e agarrando a gaiola traseira do BuumKart. Eu piso no acelerador, e os pneus gritam. Estou me afastando da estação, seguindo June, Quint e Dirk pela interestadual, quando...

KAAAAAA-KRUNCH!!!

O som do Maiorlusco batendo no posto de gasolina é como um estrondo sônico de aniquilação que lança nossos BuumKarts à frente.

— Estou tentando contar uma coisa pra vocês, pessoal! — eu grito. — Algo grande.

— Não é maior que isso! — Dirk ruge, apontando o polegar para o Maiorlusco.

— Discutível! — eu grito. — Maior em tamanho... bom, dãã, é claro que o Maiorlusco é maior. Mas maior em termos de impacto. Em todos nós. Não tenho certeza...

— Jack, não há nada que tenha um impacto maior do que essa coisa... quando ela impactar... A GENTE! — Quint grita.

— Atenção! — June berra enquanto a avenida larga se estreita, nos jogando para a rua principal de uma cidade pequena. Dirk e June avançam enquanto Quint e eu acompanhamos o ritmo, lado a lado. Nós aceleramos pelas ruas pós-apocalípticas, motores girando, mantendo-nos logo à frente do Maiorlusco, que também avança.

— Quint! — grito. — Precisamos conversar sobre o que eu fiz no parque aquático! Foi...

— Incrível! — exclama Quint.

— Eu sei! Obrigado! Quer dizer, eu controlei o Alfred só com o pensamento! Cara, eu sou a Jean Grey?

— Não, amigo, não é isso. Olha! — Quint diz, levantando uma mão do volante e apontando para Dirk, bem à nossa frente.

A espada de Dirk está pendurada nas costas e, agarrado ao punho da espada, está o Babão. Pequenas gotas de Ultragosma voam do monstro.

— Esqueça o Babão! — exclamo. — Como você pode não estar interessado em algo que pode mudar o mundo...

— Estou interessado, Jack! Estou incrivelmente interessado nas coisas que o Babão está fazendo, elas podem mudar o mundo.

Então, Dirk desvia para evitar um poste tombando. Seu Kart bate de leve no meu e então ele está correndo ao nosso lado.

— Dirk! — Quint exclama. — Eu percebi algo muito incrível!

— Eu também — Dirk responde. — EU PERCEBI QUE VOCÊS DOIS FALAM DEMAIS DURANTE AS FUGAS EM ALTA VELOCIDADE! CONCENTREM-SE EM CONTINUAR VIVOS E MANTENHAM SUAS BOCAS...

— Fechado! — Quint. — Um circuito fechado! Combinados, é isso que o Babão e sua espada formam. É por isso que ele abraça o punho dela assim! Veja! A Ultragosma escoa do Babão, escorre pela espada e depois flui de volta para o Babão para reabsorção! Como eletricidade! Ou evaporação!

O Ciclo da Ultragosma do Babão + Espada

Dirk olha para o Babão, depois para o Quint e depois para o Babão. Então...

— POR QUE ISSO IMPORTA AGORA? — Dirk grita.

— Porque cientificamente...

— VOU TER QUE SEPARAR VOCÊS TRÊS SE NÃO PARAREM DE FALAR! — June grita, nos lançando um olhar duro por cima do ombro. — Agora, escutem bem. Estão vendo aquela estrada subindo pela rampa de acesso? Se conseguirmos chegar até ela, podemos escapar do Maiorlusco e talvez não morrer hoje!

Eu aperto os olhos pra ver ao longe, June tem razão... a rampa em espiral nos levará para fora do caminho do Maiorlusco.

E isso significa que... sobreviveremos!

E isso também significa que... poderei terminar um pensamento completo sem ser interrompido por uma lição sobre "a ciência da Ultragosma!".

Eu sorrio. Um dia, tudo isso será uma memória distante. Um pontinho no radar. Uma história divertida que contaremos aos nossos netos robôs...

E então, em um instante, tudo desmorona.

Um escapamento explode à minha frente: o BuumKart de June começa a expelir fumaça. Então os BuumKarts de Quint e Dirk começam a tremer e sacudir. E meu próprio motor começa a falhar.

Olho para o painel: o tanque de gasolina está *vazio*.

— Bem, que momento infeliz para isso acontecer... — Quint diz.

A rua balança e se curva. O pavimento racha. Lojas desmoronam. Os postes de luz caem. Sinto picadas afiadas do concreto me atingindo como uma chuva de escombros.

A sombra do Maiorlusco cai sobre nós. Em instantes seremos engolidos por este trem de carga monstruoso...

— Apertem os cintos! — Quint grita.

— Mantenham os braços, mãos e Babões dentro dos carrinhos o tempo todo! — June fala.

E tentem ficar vivos, eu penso.

— Vem cá, pequenino! — Dirk chama, abraçando o Babão.

— Alfred, Esquerda e Glurm, se segurem! — eu grito. — Isso vai seeerrr...

Minhas palavras são abafadas quando o som das enormes pernas do monstro rasgando a terra se torna um rugido ensurdecedor.

Minhas mãos seguram o volante com força e eu vejo novamente a Mão Cósmica, agora diferente. E então tudo o que consigo ver é escuridão enquanto o Maiorlusco rola sobre nós como uma avalanche...

Capítulo Dois

Parece que o mundo inteiro explodiu.

A qualquer momento, espero que meu corpo se espatife todo. Primeiro, haverá o empalamento. Seguido pelo esmagamento. E então, finalmente, a liquefação.

Mas isso não acontece.

Não sou empalado, esmagado ou liquefeito. Porque não estamos sendo atropelados... não exatamente. Em vez disso, fomos aspirados para a escuridão da parte de baixo do Maiorlusco.

Rapidamente perco meus amigos de vista... é impossível ver qualquer coisa além dos milhões de pelos em forma de agulha que cobrem as enormes pernas em forma de pinça do Maiorlusco. Tento chamá-los, mas, no instante em que abro minha boca, o ar é arrancado de meus pulmões. É como se eu estivesse dentro de um tornado.

Ouço Alfred gemendo baixinho. Olho para trás, assim que ele é arrancado do BuumKart e puxado para dentro da tempestade criada pelo movimento rápido das pernas do Maiorlusco. Glurm e Esquerda são capturados em seguida, desaparecendo entre as pinças.

Então...

SNAP!

Meu cinto de segurança estoura e sou arremessado para fora do BuumKart! De repente, sou como um astronauta, sozinho no espaço... só que não tenho um daqueles cabos me amarrando à nave. Não tenho nenhuma ajuda por aqui.

Um pequeno lampejo de luz, bem acima de mim, chama minha atenção. Percebo que estou sendo arremessado em direção a ele com cada movimento pulsante do Maiorlusco.

Isso provavelmente vai ser ruim, eu penso quando sou jogado em direção a um buraco pulsante que parece ter aproximadamente a largura de uma lata de batatas. A sucção a vácuo aumenta até...

FA-FUUM!

Sou atirado pelo buraco, lançado para fora do mundo das pernas e pinças do Maiorlusco em algo que parece muito com gelatina de limão. Meus olhos estão abertos, mas a gosma não arde como o cloro de uma piscina de hotel.

Eu continuo subindo, através da gelatina, meio que voando...

Consigo me contorcer e girar na gosma verde, evitando uma bomba de gasolina amassada e destroçada, provavelmente devorada alguns momentos antes pelo Maiorlusco, um lanche da tarde pesado. Então, finalmente, um último empurrão violento e...

SPLAASH!

Minha cabeça e ombros estouram a gosma e saem para a superfície. Depois de um rápido suspiro por ar...

— JUNE! QUINT! DIRK! — eu grito. — Onde vocês estão?

A resposta vem na forma de três *splashs* repentinos. Um por um, meus amigos aparecem na superfície... ofegando, tossindo, cuspindo...

— Dirk... — começo a falar, mas, de repente, me sinto mal... e não tem nada a ver com o galão de gosma que engoli. — Onde está o Babão?

O queixo de Dirk treme quando ele olha para mim.

— EU... Não sei. Nós nos separamos lá atrás.

É quando percebo que o Babão não é o único membro desaparecido de nossa pequena equipe de aventuras: meu Esquadrão Zumbi também não está aqui. Mas vejo a expressão dolorida e horrível no rosto de Dirk e decido não dizer nada. Alfred, Esquerda e Glurm são, você sabe, mortos-vivos, então podem ser sugados por uma dúzia de Maiorluscos e ainda assim ficar bem. Eles vão aparecer. Mas Babão? Eu não tenho tanta certeza.

— Eu segurei o Babão o mais forte que pude, ou seja, segurei beeem forte — Dirk fala. — Mas minha espada foi puxada, e ele foi puxado, e agora... Onde ele pode estar?

Estou preocupado que Dirk entre em modo de colapso total, até que ele acrescenta:

— Eu vou socar todas as pinças idiotas dessa coisa até recuperar o Babão!

Isso parece mais com o Dirk que conhecemos e amamos.

— O Babão deve estar em algum lugar por aqui — June afirma.

Quint concorda com a cabeça.

— Nós vamos encontrá-lo.

Eu limpo mais gosma dos meus olhos e vejo que estamos em uma câmara cavernosa e mal iluminada. Sucata gira em torno de nós como se estivéssemos em uma jacuzzi de lixo. Uma caixa de correio passa por nós, seguida por placas de pare maltratadas e boias de piscina vazias.

— Acho que fomos sugados pelo trato gastrointestinal do Maiorlusco — Quint explica enquanto rema em minha direção. — Ou alguma variação disso.

— Que encantador... — June diz, sacudindo um punhado de gosma carnuda de seu ombro.

— O que significa que isso aqui é a parte de baixo arrancada do shopping Millennium — Quint explica, apontando para o concreto rachado e os canos irregulares que cobrem o teto. — O exoesqueleto do Maiorlusco deve ter se fundido com...

YEE-ARRRNK!

Um rugido monstruoso ecoa de repente pela câmara.

— Atenção! — June grita.

Ela cambaleia na gosma quando uma mangueira comprida e grossa de repente sai da escuridão!

— Uau! Uma mangueira! — eu grito, então...

SPLAASH!

A mangueira mergulha na piscina de gosma, seguida por outras duas.

Meus amigos e eu estamos amontoados, sacudindo nervosamente enquanto as mangueiras se mexem na gosma. Logo, cada mangueira encontra um pedaço de sucata, envolve-o e o puxa da piscina.

— Não são mangueiras... — June diz.

Nossos olhos começam a se ajustar à escuridão e fica claro que na verdade aquelas são partes de alguma nova criatura estranha. E agora essas coisas estranhas estão voltando, nos envolvendo e nos levando com elas...

Somos arrancados da piscina de gosma por uma tromba enorme, parecida com a de um elefante, que balança e nos leva para uma plataforma na beira da piscina.

Eu me sinto como um atum de 230 quilos que algum feliz pescador de fim de semana acabou de pescar...

Com certeza bateremos o recorde!

Somos jogados, não gentilmente, em uma pilha de lixo. Estamos todos pingando, da cabeça aos pés, e cobertos com uma camada de lodo. Parecemos os Caça-Fantasmas menos famosos e menos bem-sucedidos.

Dois monstros atarracados em armaduras ruidosas estão andando pela plataforma, examinando o lixo recém-extraído, que agora nos inclui.

— Então, hã, e agora? — sussurro.

Nesse momento, uma voz...

— PSSST. Por aqui!

Um pequeno monstro acaba de aparecer em uma porta próxima de onde estamos. Quase acho que reconheço a criatura, mas não consigo lembrar de onde. O monstro nos chama e depois desaparece pela porta. Eu lanço um olhar de volta para os monstros em armaduras... então, todos nós seguimos pela porta.

Viramos a esquina em um corredor escuro, e June solta um grito agudo. E é aí que eu percebo quem é o monstro.

June e Johnny Steve se conheceram num território não mapeado, depois que ela se separou de nós. Eles embarcaram em sua própria aventura, levando um Bebê Alado sem asas, chamado Neon, para um lugar seguro. (Os Monstros Alados geralmente são maus, mas o Neon era bonzinho. Isso só nos mostra que: não devemos julgar uma criatura por sua espécie!).

— Eu não sabia se veria você de novo! — June diz, muito feliz. Ela está balançando Johnny Steve, abraçando-o com força, como velhos amigos que não se veem há muito tempo.

Johnny Steve está radiante.

— Eu estava na proa do Maiorlusco, afiando minha arma, quando vi vocês quatro. Então, corri até aqui para ser o primeiro a cumprimentá-los!

— Ei, Carmen Sandiego — digo, dando um puxão em seu casaco. — Roupas novas legais, hein?

— Ah, sim — Johnny Steve responde, e seus olhos correm de um lado para o outro. — Veja só, eu sou um *espião* agora...

— Ei! O papo furado fica pra depois — Dirk fala e se vira para Johnny Steve. — Você sabe onde está o Babão?

— O que é um Babão? — Johnny Steve pergunta.

— Você quer dizer *quem* é o Babão — Dirk explica.
— E a resposta é: apenas minha criatura favorita em todo o universo.

— Além disso — eu prossigo —, se quisermos ter uma chance real de derrotar Thrull e destruir a Torre, precisamos dele.

— Também precisamos dele, tipo, emocionalmente — Dirk acrescenta. — E ele precisa de mim.

June se ajoelha para explicar:

— O Dirk e o Babão foram separados durante todo aquele processo de "ser atropelado e voar pela gosma".

Johnny Steve brinca com a gola do casaco por um momento, pensando.

— Nesse caso — ele começa a falar —, o Babão já deve ter sido apanhado pelos TrombasPesqueiras e passado aos Sucateiros para a entrega.

Então é assim que essas coisas parecidas com tromba de elefante são chamadas: TrombasPesqueiras. E os caras de armaduras são Sucateiros.

— O que você quer dizer com *entrega*? — Dirk parece pronto para lutar contra alguns TrombasPesqueiras, Sucateiros e qualquer outra coisa que aparecer. — Entrega para quem?

— Para o Grande Protetor, é claro! — Johnny Steve diz, como se fosse a pergunta mais boba que alguém já fez. — Tudo vai para o Grande Protetor. E quando o Grande Protetor coloca suas garras em algo que gosta, ele não solta nunca mais. Receio, amigos humanos, que não tenha como recuperar o Babão.

Capítulo Três

Dirk não está satisfeito com a resposta de Johnny Steve... nem um pouco satisfeito. Então Johnny Steve começa a nos guiar pelas profundezas labirínticas do shopping, em direção ao Grande Protetor e, quem sabe, Babão.

— Então, como você acabou dentro dessa coisa? — June pergunta. — Quero todos os detalhes.

Johnny Steve sorri.

— Ah, é uma história fascinante...

— E foi assim — Johnny Steve diz, com um suspiro triste — que eu aprendi que é um erro guardar a coleção de óculos no mesmo pacote que a coleção de canecas.

— O Maiorlusco pega tudo que está pelo caminho? — Quint pergunta.

— Quase tudo — Johnny Steve responde. — O Maiorlusco parece escolher o caminho sentindo de alguma forma onde há criaturas necessitadas. Então, alguns a bordo estão cansados, feridos ou estavam sendo caçados... enquanto outros simplesmente estão no lugar certo na hora certa. Como nós!

— Lugar certo, hora certa — Dirk repete. — *Tá bom.*

— Ei, espere aí — June fala de repente. — Onde está o Neon? Quero arranhar muito ele!

Johnny Steve fica quieto e se mexe desconfortavelmente, enfia sua bengala sob o sobretudo, procurando alguma forma de evitar o olhar de June.

— Johnny Steve... — June diz. Sua voz está pesada agora. — Me diz onde o Neon está.

Johnny Steve engole em seco. Então, finalmente, ele responde:

— Bem, hum... O Neon explodiu. Simplesmente... BUUM. Ele estourou. Explodiu. Como um balão de água.

— QUÊ? — June grita.

June passou de "encantada em vê-lo" para "pronta para estrangulá-lo" bem rápido, e Johnny Steve percebeu isso.

— Sinceramente, June — ele diz. — Eu não sei. Neon e eu nos separamos há algum tempo.

— Mas ele estava bem? — June pergunta. — Quando você o viu pela última vez?

— Ah, com certeza! — Johnny Steve afirmou.

— Não explodiu? — June continua perguntando.

— Não explodiu! — ele responde alegremente. Então, falando mais baixo: — Neon tinha sua própria missão. Assim como estou aqui, seguindo meu próprio caminho, sendo corajoso e fazendo coisas corajosas, como um humano!

June pisca para afastar qualquer tristeza em relação a Neon.

— Nesta luta em que estamos... — ela diz baixinho. — Cada um de nós tem que ir aonde for necessário. Verei Neon novamente quando for a hora.

— Ah, Jack — Johnny Steve chama, virando em uma esquina —, acredito que esses três estão com você.

— Alfred, Esquerda, Glurm! — exclamo.

É um alívio quando vejo meu Esquadrão Zumbi. Eles estão esperando pacientemente por mim. Uma tonelada de lixo está pendurada neles, incluindo alguns chapéus bonitos. Eles parecem aquelas capas de álbum de música que são tão ruins que ficam boas...

ESQUADRÃO ZUMBI DO JACK

COM O GRANDE SUCESSO "FORA DA PISCINA DE GOSMA E DENTRO DOS NOSSOS CORAÇÕES"

— Eu sabia que vocês ficariam bem! — afirmo.
— Vamos, juntem-se a nós. — E com um balanço do Fatiador, eu os coloco no nosso grupo, cumprimentando cada um enquanto eles ficam em fila atrás de nós.

Dirk está andando mais rápido agora, e eu vejo que ele está perdendo a paciência.

— Então, quem é esse "Grande Protetor"? — ele pergunta. — O que eu preciso saber sobre ele?

Imagino que ele esteja trabalhando em uma estratégia para resgatar o Babão e, talvez, dar um soco no Grande Protetor.

— Tia Anne! — Quint exclama.

— Espera aí, o Grande Protetor é a tia Anne? — pergunto. — A rainha dos pretzels?

— Não! Sinto o cheiro dos pretzels da tia Anne! — Quint explica. — E está aqui perto.

Então todos sentimos o cheiro doce de açúcar e sal misturados. E de repente me ocorre que não comemos há muito tempo.

Em um piscar de olhos, estamos correndo pelo último corredor, tontos só de pensar nos nozinhos de pretzel de canela. Johnny Steve abre uma porta pesada e somos pegos por um lindo brilho fluorescente. Nós suspiramos.

Isto é...

O Shopping Millennium.

Capítulo Quatro

— Sabia que esse shopping seria grande — afirmo. — Mas não que seria *tão* grande.

Está tão cheio que meus olhos não sabem por onde começar. Este lugar é como se o DNA de um navio de cruzeiro fosse combinado com um carnaval de criaturas para criar uma enorme metrópole de monstros.

Os amplos corredores do shopping são vias movimentadas, que se estendem ao longe. E se o que estou vendo aqui é uma indicação da população do shopping, deve haver *muitos milhares* de monstros a bordo.

Eu só posso esperar que eles sejam amigáveis...

SHOPPING MILLENNIUM

Bem-vindos à Cidade Maiorlusco! Quatro andares de moradias de monstros! Seiscentas e cinquenta e duas lojas! Três pistas de patinação! Dois boliches! Carrossel e monotrilho. Cinco estacionamentos com centenas de carapaças!

E com quantos desses monstros teremos que lutar?

Dirk acabou de fazer a grande pergunta, exatamente no que eu estava pensando: quatro níveis de monstros... Nem todos devem ser amigáveis.

— A maioria das criaturas a bordo é pacífica — Johnny Steve responde. — A Cidade Maiorlusco é uma espécie de paraíso. Um lugar para criaturas que não querem se envolver com eventos nesta dimensão ou na guerra contra Ṛeżżőcħ.

— "Não querem se envolver?" — Quint repete.

— Eu não sabia que não me envolver na guerra era uma opção. — Olho para meus amigos. — Vocês sabiam?

— Lembra quando você explodiu a grande árvore Ṛeżżőcħ do Thrull, Jack? — Dirk relembra. — Foi quando isso deixou de ser uma opção.

— Espera aí — June interrompe. — O que você quer dizer com quase todo mundo aqui é pacífico?

— Às vezes... — Johnny Steve diz, misteriosamente — entre os aromas de biscoitos gigantes, doces e frituras...

Quint geme:

— Você está me deixando com mais fome.

— Às vezes — Johnny Steve continua —, entre esses aromas, sinto o cheiro do mal. Acho que sei qual criatura está emanando o cheiro, embora ainda precise confirmar minhas suspeitas. Ainda assim... — Johnny Steve nos puxa para perto e usa sua voz sussurrante de espião: — Eu vou descobrir. Estou a bordo do Maiorlusco *disfarçado*, mantendo meus ouvidos abertos e de olho no chão para qualquer coisa que possa ajudar na luta contra Ṛeżżőcħ!

Eu sinto que Johnny Steve não é um grande espião, porque ele só fica por aí falando sobre ser um espião. E, de qualquer maneira, se você pretende ser um espião, este não seria o pior lugar para isso...

Nossa, algumas lojas ainda têm coisas de humanos.

Primeira coisa que eu quero é comprar roupa de baixo nova.

FEITO À MÃO

CALÇA JEANS GRANDE!

E TAMBÉ PEQUE

Sim. Vocês TODOS têm roupas de baixo novas. É a promessa do Maiorlusco!

Passamos por uma grande fonte em uma das muitas praças do shopping que agora é uma banheira de hidromassagem. Monstros sentam-se nas bordas, bebendo refrigerantes e jogando uma criatura que parece uma bola para a frente e para trás. Sinto uma pontada aguda de perda... queria me sentar naquela banheira de hidromassagem e brincar com Bardo enquanto Rover roncaria alegremente à beira da água.

De repente, sou puxado para trás quando Quint diz:

— Olhe por onde anda, Jack!

— Estou olhando, o que você...

ZOOM!

Dois carrinhos de montanhas-russas passam voando por mim, zunindo por uma pista sinuosa tão longa que deve se estender de uma ponta a outra do shopping.

Dentro de cada carro há uma espécie de monstro do *rock and roll* e eles estão envolvidos em algo como um confronto de *heavy metal*. Seus instrumentos são com a base normal de uma loja de música, mas atualizados com modificações e alterações de outras dimensões. Eles estão detonando como algo de outro mundo, tocando coisas que ninguém nunca ouviu antes.

— Eu acho que isso é o que chamam de batalha de bandas.

— Eu meio que gostei do som.

— São retrô. Supermillenial.

Enquanto continuamos pelo shopping, posso ver que June está pensando em alguma coisa, seus neurônios estão funcionando.

— Johnny Steve — ela diz finalmente —, você tem certeza de que esses monstros não vão se juntar à luta contra o Thrull?

— Se não for dentro deste Maiorlusco, não é problema deles — Johnny Steve responde.

E parece que ele está certo. Essas criaturas se comportam de maneira diferente dos monstros que conhecemos antes. Uma fera enorme quase me esmaga, um cardume de criaturas parecidas com cobras desliza entre meus tênis e muitos monstros parecem tão brutais quanto os do *Chaz e Slammers*, mas nenhum deles nos ameaça.

Os monstros que parecem *mais durões* são os que parecem estar relaxando mais. E os outros estão trabalhando ativamente, mas uma coisa é certa: nenhum deles está se preparando para uma batalha épica para salvar a dimensão.

— Se esses monstros não vão lutar, então temos que seguir em frente — June afirma. — Precisamos construir uma aliança para vencer Thrull e chegar à Torre, não assistir a shows de rock monstruoso. Vamos dar um jeito de sair daqui.

— Depois de pegarmos nossos BuumKarts — Quint lembra.

— E o Babão — Dirk acrescenta.

— E roupas de baixo novas — relembro a todos.

Conforme o corredor se alarga, entramos em uma grande praça central repleta de atividades.

— Olhem só, a *Old Navy*! — falo. — O que será que vende agora com os monstros?

— Bermudas! — grita uma criatura reptiliana na porta da *Old Navy*. Compre duas e pague uma!

— O mesmo de sempre — Quint me responde.

— AHHH! — June de repente grita... e é um grito tão agudo que fico surpreso por não estilhaçar todas as vitrines das lojas próximas. Eu viro já pegando o Fatiador, mas em vez de perigo, eu vejo...

O GÊISER DA VITÓRIA!

— O Gêiser da Vitória? — pergunto, sem ter ideia do que é.

— Sim! — June responde. — É como eles costumavam anunciar o *Artista do Ano* da revista *Late Teen Star*! Votei no *Big Haircut* quatrocentas e noventa e sete vezes por ano. Então meus pais receberam uma carta pelo correio dizendo que a revista *Late Teen Star* decidiu limitar a votação a um voto por família.

Eu dou de ombros.

— Muito chato. Certo?

June aponta animadamente.

— Tá vendo aquela coisa tipo um canhão grande no topo? Todo ano, o Shopping Millennium sediava a premiação. Cada mil votos equivalia a uma cédula. Eles despejavam todas as cédulas ao vivo. Uma vez que todos os votos estavam lá dentro... BUUM! O Harvey Cabelo Legal anunciava o vencedor e esse gêiser disparava espuma de festa em uma enorme explosão.

— Era terrivelmente perigoso — Quint fala, quando começamos a descer o próximo corredor. — Eles quase tiveram que cancelar os prêmios depois que uma explosão mal calculada quase derrubou um dirigível.

— Foi manipulado — June afirma. — Em uma eleição justa...

— EI!

Todos nós calamos a boca e encaramos Dirk.

— Eu entendo, este lugar é estranho e tal. Mas chega de besteiras... *precisamos encontrar o Babão*.

— Você está com sorte — Johnny Steve diz. — Estamos nos aproximando do quartel general do Grande Protetor.

Olho para o terceiro andar e vejo a enorme praça de alimentação do shopping. Ela se projeta, com vista para o shopping, como uma espécie de varanda que um rei usaria para se dirigir a seus súditos.

— Ah! — Johnny Steve exclama. — Como eu disse, o Grande Protetor pega o que quiser. E ele pode estar interessado em zumbis. Jack, talvez seja melhor dispensá-los.

Argh. Quase perdi meus amigos zumbis! Mas não quero que quem pegou o Babão os leve também. Então eu digo:

— Esquadrão Zumbi, encontrem um lugar para se esconder. — E, com um aceno do Fatiador, eu os coloco em movimento. Eles gemem e desaparecem.

— Alfred, é melhor não voltar com um piercing no nariz — murmuro.

— O capanga do Grande Protetor está se aproximando — Johnny Steve sussurra. — Seu nome é Smud. Ele é encantador!

Smud, um monstro alto e musculoso, está de patins e desliza para fora de uma loja de TV. Ele definitivamente não estava apenas dando uma olhada, ele parece que acabou de sair de um comercial.

— Ei, ei, ei! — Smud diz enquanto derrapa para uma parada desajeitada. — Vocês devem ser os humanos!

–SMUD–

Cachecol estiloso feito de flanelas

Mop moderno (com todos os opcionais)

Patins modernos com luzes brilhantes de neon!

— Você é o cara que está com o Babão? — Dirk exige saber. — A criaturinha superfofa?

— Não — Smud responde. — Eu não tenho permissão para chegar perto das coisas valiosas. O Grande Protetor está com o seu amigo.

Dirk está prestes a explodir.

— Então me leve a esse tal de Grande Protetor... AGORA.

— Bem, isso facilita meu trabalho — Smud fala —, porque o Grande Protetor também quer ver vocês... AGORA. — Então, Smud olha para um relógio na parede do shopping. — Esperem, esperem, desculpem. Agora não. Daqui a pouco. É o Dia das Coisas... e a Entrega das Coisas está prestes a começar.

Quint olha para ele.

— Dia das Coisas?

June franze a testa.

— Entrega das Coisas?

De repente, uma voz ecoa no sistema de alto-falantes do shopping, aqueles alto-falantes que geralmente anunciam algo como: "O shopping vai fechar em dez minutos. Por favor, façam suas compras finais". E então todo mundo começa a se apressar, porque mesmo que você saiba que provavelmente não vai acontecer, fica uma pulguinha atrás da sua orelha dizendo: "Oh, cara, e se eu não conseguir sair a tempo? Vou ficar preso no shopping? Eu não posso ficar preso no shopping!". Mas, secretamente, você até quer ficar preso no shopping.

Mas o que ouvimos no sistema de alto-falantes agora é:

—ATENÇÃO, CIDADÃOS! Os tesouros que o Grande Protetor descobriu para vocês serão distribuídos!

É como se um interruptor tivesse sido acionado. Ao nosso redor, monstros começam a correr para conseguir um lugar embaixo da praça de alimentação que fica rapidamente lotada.

— Uau — digo olhando em volta. Monstros se acumulam em todo o primeiro nível do shopping. — Esses caras adoram o Dia das Coisas, hein?

Um silêncio cai sobre a multidão, enquanto uma figura se aproxima da grade da praça de alimentação.

E quando vemos quem é a figura, bem, só podemos ter realmente uma reação...

AH.

NÃO!

Capítulo Cinco

Cidadãos da Cidade Maiorlusco. Chegou o Dia das Coisas!

— Evie Snark... — June rosna.

— Ah, vocês conhecem a Evie? — Johnny Steve pergunta. — Bem, isso é legal. Reunião de amigos!

— Evie Snark não é nossa amiga — digo. — Ela é terrível e está fora de si. Ela roubou o Fatiador! Ela fez com que Dirk fosse mordido por um zumbi! Ela convocou o Terror Cósmico Ghazt para nossa dimensão!

Olhando para Evie, de repente sou levado de volta para aquela noite na sorveteria. A noite em que Bardo morreu...

Evie ajudou Thrull a acordar e ficou lá parada quando Thrull matou o Bardo.

Bardo ainda poderia estar vivo se não fosse por ela...

Eu afasto esse pensamento, pois preciso focar no aqui e no agora.

Ao nosso redor, os monstros ficam cada vez mais ansiosos pelo que está prestes a acontecer.

Provavelmente algo importante só para ela e bem irritante, se eu conheço a Evie.

Ela se afasta.

— Apresentando aquele que vocês estavam esperando, o amado, o mais benevolente, o Grande Protetor: GHAZT!

Eu suspiro. Claro que é Ghazt!

O terrível monstro rato aparece.

— SIM, SOU EU! GHAZT, O GENERAL CÓSMICO!

— Acredito que ele possa ser a criatura maligna a bordo — Johnny Steve sussurra.

— Você é um ótimo espião — June diz —, porque definitivamente é ele.

Eu detesto Ghazt, mas tenho que admitir que ele está bem. Muito melhor do que da última vez que o vimos, rodopiando em um cano de esgoto...

O Novo e Melhorado Ghazt, o AGORA General Cósmico e AGORA Grande Protetor da Cidade Maiorlusco

Bíceps e braços absurdamente definidos.

Ilusão no olhar?

Nova atitude.

— Quais são as chances de acabarmos no mesmo shopping móvel desses idiotas? — resmungo.

— Estou ansioso para uma revanche — Dirk murmura, olhando para eles.

Evie pega o microfone e diz:

— GHAZT AGORA VAI DISTRIBUIR MUITOS PRESENTES!

— Opa! Essa é a minha deixa! — Smud fala. — Eu tenho que ajudar com o Dia das Coisas. Não podem dar os Globos de Coisas sem mim!

— Globos de Coisas — repito. — Parece bem legal. Droga.

Smud abre um portão que foi construído em torno de uma escada rolante e rapidamente começa a subir as escadas.

— Estou chegando! Estou chegando! Não comece ainda!

Dirk se lança para a frente, tentando segui-lo, mas...

SLAM!

Smud está a apenas dois degraus da escada rolante quando o portão se fecha. O portão faísca, tem eletricidade correndo através dele. Noto a mesma proteção eletrificada percorrendo toda a praça de alimentação mantendo todos longe do Grande Protetor e de seus amigos.

Smud sobe para a praça de alimentação e corre atrás de Ghazt, fora de vista.

Evie anuncia:

— E AGORA... GRANDE PROTETOR, POR FAVOR, PUXE A ALAVANCA!

Ghazt parece meio entediado com tudo aquilo, mas Evie lhe dá uma cotovelada e ele diz sua próxima fala:

— É PELA MINHA PATA QUE VOCÊS RECEBEM ESSES LUXOS! É PELA MINHA PATA QUE VOCÊS PERMANECEM SEGUROS!

Ghazt dá um tapa desajeitado na alavanca enquanto Evie faz uma careta. Finalmente, ele coloca a pata em volta dela e...

KSHH-HISSS!

O monotrilho do shopping aparece atrás de Evie e Ghazt.

Smud corre para embarcar antes de ele partir novamente. Ele mal consegue, entrando enquanto o carrinho desliza para longe da praça de alimentação e sobre o nosso andar do shopping.

O vagão do monotrilho está cheio de contêineres redondos como ovos de Páscoa gigantes de plástico: os "Globos de Coisas".

— O que há neles? — Quint sussurra.

Não precisamos nos perguntar por muito tempo. A voz de Evie ressoa:

— E AGORA... É HORA DOS PRESENTES!

Com isso, Smud chuta o primeiro Globo de Coisas, que se abre no ar e...

SMASH!

A Entrega das Coisas!

BRUUUM
BRUUUM
CABRUUMM
RUUUMMM

Pneu

Pato de borracha

Orelhão

cachorro-quente

Carrinho de cachorro-quente

Camiseta GGG escrita: NÃO ESQUENTA, BEBA CAFÉ

— Esses são os itens que o Maiorlusco recolheu? — Quint pergunta.

Johnny Steve concorda com a cabeça.

— Sim. Depois que os TrombasPesqueiras os coletam e os Sucateiros os classificam, o Grande Protetor os distribui entre os cidadãos da Cidade Maiorlusco. Ele é bem generoso.

O vagão de monotrilho serpenteia pelo shopping, com Smud chutando constantemente os Globos de Coisas para os lados.

Os monstros não brigam pelas coisas que caem. Nenhuma arma é sacada. Quando um monstro consegue algo que outro queria, uma troca é rapidamente arranjada.

O monotrilho segue mais fundo no shopping, seguindo o trilho longo e curvo. Quando finalmente retorna, todos os Globos de Coisas se foram e os cidadãos da Cidade Maiorlusco estão satisfeitos.

— Acho que a festa está quase acabando — June sussurra enquanto o vagão começa a deslizar de volta para a estação da praça de alimentação.

— NUNCA ESQUEÇAM QUEM CONCEDEU ESTES PRESENTES A VOCÊS: EU, SEU GRANDE PROTETOR! — grita Ghazt, que lança um aceno preguiçoso para os monstros abaixo, então desaparece de volta para a praça de alimentação.

Os monstros aplaudem, mas noto que eles não parecem muito dedicados. É mais como quando na escola o seu professor diz com antecedência que você tem que bater palmas para o convidado... *ou ficará de castigo*.

— Estaremos de volta para o Dia das Coisas no mesmo horário na próxima semana! — Evie grita no microfone.

Então o olhar de Evie desce, afiado, olhando para nós. Me encarando. E...

CLANK!

O portão de ferro ao redor da escada rolante se abre novamente, e Smud sai cambaleando em seus patins.

— O Grande Protetor vai vê-los agora! Estão animados? Aposto que estão animados.

— Boa sorte — Johnny Steve sussurra.

Dirk e eu trocamos olhares. Meu amigo é um pacote de raiva mal reprimida, focado apenas em conseguir o Babão de volta. E meus dentes estão cerrados, sabendo que estou prestes a ver Evie de perto pela primeira vez desde a sorveteria. Desde que Bardo morreu.

Meu coração dispara enquanto seguimos Smud pela longa escada rolante até o quartel general de Evie e Ghazt. À medida que nos aproximamos do topo, sinto a Mão Cósmica começar a pulsar suave e sutilmente...

Capítulo Seis

Olá, crianças.

No momento em que vejo Evie, meu corpo começa a tremer. Respiro devagar, tentando me acalmar, mas a calma não vem.

Assistir a seu monólogo louco por poder e de generosidade fingida foi ruim, mas isso é ainda pior.

Evie diz:

— Estou tentando me lembrar... quando nos vimos pela última vez? Oh, claro! Na sorveteria. Se bem me lembro, Jack, você estava sentado de bunda no chão enquanto seu velho amigo bruxo morria.

Suas palavras me atingem como um soco no estômago. Me movo tão instintivamente que levo um momento para perceber o que estou fazendo: estendendo a mão por cima do ombro para pegar o Fatiador.

A arma está ao meu alcance, e sinto o puxão da Mão Cósmica, como um ímã preso perto da geladeira. Meus dedos se abrem, prestes a agarrar o Fatiador, quando...

— Estamos aqui pelo Babão — Dirk fala. Sua voz é firme, mas a demanda é clara. — Nos entregue ele.

— Ahhh, desculpe, isso não vai acontecer — Evie responde com um pequeno sorriso zombeteiro. — Mas eu posso lhe mostrar seu amiguinho.

Evie aperta um botão, que abre um portão de segurança e algo sai dele. E lá está Babão: dentro de uma gaiola. *Uma gaiola estranha.* Parece uma versão sobrenatural e monstruosa daquilo que os museus usam para guardar diamantes de milhões de dólares.

— BABÃO! — Dirk exclama. — Você está bem, amigo?

O Babão guincha feliz, totalmente alheio aos acontecimentos perigosos ao seu redor. Isso é um alívio e permite que Dirk se acalme um pouco.

ACHAM QUE EU NÃO SEI O VALOR DA CRIATURA QUE CHAMAM DE BABÃO E DESTA SUBSTÂNCIA? ESTE CUSPE DE GHRUŽGHŮT?

Ghazt se abaixa e pega um punhado de Ultragosma de uma poça embaixo da gaiola do Babão. Ghazt gesticula com a gosma na pata, como um supervilão tentando exibir seu novo brinquedo. Mas ele é desajeitado e acidentalmente espalha um monte de gosma em seu pelo.

Sua pata gruda e ele puxa. Mas ainda está presa.

Todos nós assistimos a este grande e poderoso Senhor da Guerra Cósmico lutar para separar a pata do pelo. Quando ele finalmente consegue, há um som de velcro rasgando e um tufo de pelo vem grudado em sua pata, deixando um espaço careca de aparência não muito boa.

Ghazt se recompõe e continua.

— Este cuspe de Ğhṛužğħűt, ou Ultragosma, como vocês o chamam, é a melhor substância para destruir as trepadeiras que se espalham por sua pequena e feia dimensão.

Evie sorri.

— É por isso que estamos protegendo o "Babão". Ou o Ghazt está protegendo, melhor dizendo. Ele é o Grande Protetor. Então ele está *protegendo* o Babão.

— *Você está tentando me dizer que essa gaiola estranha é para a proteção do Babão?* — Dirk pergunta.

— Exatamente! — Evie diz. — Você entendeu. É uma gaiola de proteção clássica. Então, não, você não pode tê-lo de volta. Privilégios do Grande Protetor. O Grande Protetor tem direito sobre tudo o que é trazido a bordo do Maiorlusco. É assim que é.

Eu me inclino para Quint e sussurro baixinho:

— Por que eles estão tão interessados na Ultragosma? Eles querem destruir as trepadeiras do Thrull? Quero dizer, isso é meio o que *nós* fazemos.

Aparentemente, meu sussurro baixo não foi baixo o suficiente, porque Ghazt ruge:

— Thrull ROUBOU MEU PODER! Ele roubou minha cauda e, com isso, minha habilidade de comandar os mortos-vivos. É por isso que preciso ENCONTRAR Thrull e DERROTÁ-LO! EU VOU TER MEU PODER DE VOLTA. Não terei MISERICÓRDIA e ele sentirá MUITA DOR. MUITA DOR MESMO!

Fico pálido. Porque, claramente, aquilo não é verdade. Ghazt acha que Thrull está com o poder dele, mas sabe quem está com os poderes de Ghazt? Eu. O poder está bem aqui, no Fatiador, a apenas algumas mesas da praça de alimentação de distância dele.

Quint está me olhando fixamente... me lançando o tipo de olhar que só pode ser trocado entre dois melhores amigos que passaram por coisas sérias. A encarada que diz uma tonelada de coisas sem dizer nada...

Olhar fixo de melhor amigo*

*O OLHAR DE QUINT DIZ: eles não têm ideia de que todo o poder de Ghazt está na Lâmina da Meia-noite. Eles só viram você fazer um pequeno truque de controle de zumbis na pista de boliche. Eles não podem descobrir. Não importa o que aconteça, você não pode usar sua arma na presença deles.

— Hum, hã, tá bom, então — eu digo, tentando evitar olhar ou mesmo pensar sobre o Fatiador. — Com certeza é uma coisa boa que ninguém neste shopping tenha os poderes da sua cauda, Ghazt. Ainda bem.

Enfio uma mão no bolso e tento desviar o olhar casualmente, esperando que Ghazt não tenha percebido. E é aí que percebo o quão cheio este lugar está com as coisas recolhidas pelo caminho.

Aqui em cima, vendo o que acontece dentro do quartel-general do mal, fica claro: tudo realmente valioso que o Maiorlusco aspira, Ghazt e Evie guardam para eles mesmos...

Smud está selecionando novos itens enquanto conversamos. Alguns vão para a pilha do Dia das Coisas, mas o material especial vai para uma pilha separada para Evie e Ghazt. Uma cadeira de jardim quebrada é jogada na pilha do Dia das Coisas, mas um modelo de três metros de altura do Incrível Hulk vai para a pilha de Evie.

Que maldade! Estou irritado em nome dos monstros do shopping. E se um deles for um grande fã do Hulk, hein?

— Uma pergunta — June fala. — Ghazt, se você quer tanto recuperar sua cauda e o poder de Thrull, por que está passeando nesse shopping móvel? Não deveria estar indo direto para a Torre?

— Ah, eles não sabem onde fica a Torre! — Smud conta, alegremente, de seu posto de triagem de saque.

— Smud — Evie rosna. — CALA A BOCA!

— Desculpe — ele diz humildemente. — Eu só queria participar da conversa.

Eu tento manter uma cara de desentendido. Meus amigos estão fazendo o mesmo. Mas não é fácil, porque sabemos duas coisas importantes que esses caras não sabem: nós sabemos que os poderes de Ghazt estão comigo e sabemos onde fica a Torre.

— Eu sei onde fica a Torre — Ghazt afirma. — Em geral. Na maior parte do tempo. Eu sei a direção! A Torre é minha, e ela me chama.

— Certo. Entendi — June fala. — Então a Torre com você é, tipo, "Está ficando quente. Mais quente. Ah, não, esfriou agora". Uau, isso sim é um poder cósmico.

OK, estou começando a entender a estratégia deles.

Primeiro, eu entendo por que Ghazt quer o Babão, o carinha é a melhor arma possível para destruir Thrull.

Em segundo lugar, eu entendo o valor do shopping. Eles estão pegando toneladas de coisas e monstros, e qualquer uma dessas coisas pode oferecer uma pista sobre a localização da Torre.

Sabe a única coisa que não consigo descobrir? Como usar isso para resgatar o Babão.

De repente, do pátio abaixo, ouvimos:

— BALA DE CANHÃO!

Nós espiamos por cima do parapeito bem a tempo de ver um monstro pulando do toldo da loja de Lego e mergulhando em uma fonte.

FACANAMANTEIGA!

SPLAASH!

Em um piscar de olhos, Evie está marchando até o parapeito como se fosse um *salva-vidas de mau humor*.

— VOCÊS AÍ! Esqueceram da Lei 19 do Grande Protetor? Sem brincadeiras nas fontes!

Os monstros resmungam. Um furiosamente perfura sua boia com seu chifre e a esvazia com um som de assobio triste.

Ghazt suspira. Evie sorri.

Eu tomo nota de tudo isso. Ghazt pode ter se declarado "Grande Protetor", e Evie pode estar muito feliz em aplicar regras aleatórias, e os monstros podem apreciar a segurança de ter um General Cósmico a bordo, mas, como líderes, esses dois não parecem ser particularmente amados.

— Vejam. — Quint aponta para as passarelas ao redor. A bronca de Evie atraiu uma multidão. E aquela multidão percebeu nosso impasse na praça de alimentação. Monstros estão se reunindo em todos os níveis, nos observando.

— Evie, não posso deixar de notar que suas regras — June comenta — parecem um pouco... idiotas.

— *Sem brincadeiras nas fontes* não é uma regra! — Evie estala de raiva. — É uma LEI.

— Mas... são coisas diferentes? — pergunto.

— Sim! Há apenas uma regra neste shopping! — Evie grita, apontando para a parede. — AQUELA! LEIA A PLACA!

— Ladrões de lojas serão processados? — pergunto.

— Domingo tem aperitivos pela metade do preço no Café Floresta? — June tenta.

> Não, a outra placa, que diz: O que o Grande Protetor diz é lei!

> Espera, a única regra é que vocês vão criar um monte de leis?

> Aaaah, entendi. A regra não é idiota, as leis é que são.

Evie está a cerca de sete segundos de explodir, mas ela consegue se segurar.

— Essa discussão é inútil — ela fala. — É muito simples. Ghazt é o Grande Protetor desta cidade. Se você não é o Grande Protetor, ou não é amigo íntimo do Grande Protetor, então o que você diz não importa.

— E quem elegeu vocês como Grandes Protetores? — June pergunta.

— Ninguém — Evie responde. — Ghazt é um general cósmico... um líder nato. Os monstros se reúnem sob seu poder. E sob o meu também, um pouco. BASTANTE. Ainda mais do que Ghazt. Não, mais ou menos o mesmo. Ou talvez eu seja...

Dou uma olhada rápida para June e vejo seus neurônios funcionando. Mas antes que ela possa dizer o que está pensando, Dirk ruge...

— CHEGA! Eu não me importo com suas regras, suas leis ou qualquer coisa desse tipo. Prometi cuidar do Babão e é isso que vou fazer.

Um sorriso terrível e conhecido aparece no rosto de Evie.

— Você pode tentar — ela diz enquanto Dirk passa por ela.

Dirk abre os punhos e alcança a gaiola. Eu sinto um estremecimento e um tremor se espalhando pelo Maiorlusco, e então...

— Como eu disse, você não pode tê-lo — Evie diz, alegremente. — Você não pode levá-lo. Enquanto o shopping estiver sob nosso controle, o Babão é nosso.

Dirk se levanta, possuído, com tipo aquela fúria de fumaça saindo dos ouvidos, olhos arregalados e fogo queimando no peito.

— Certo — June fala, levantando o braço e puxando uma alavanca na Arma. — Acho que agora é hora da luta.

— Esperava que você dissesse isso — Dirk fala.

— Eu concordo — Quint diz, levantando seu cajado. — Na verdade, deixe-me esclarecer. Concordo que acho que uma luta provavelmente vai acontecer agora. Não concordo que esperava que June dissesse isso.

— Eu entendi o que você quis dizer, amigo — afirmo.

Evie abre um sorriso ansioso e eu engulo em seco. Para ser honesto, não estou muito interessado em brigar com esses dois. Quero dizer, Ghazt tem seu novo corpo musculoso e eu não posso atirar meus zumbis nele sem que ele perceba que estou com seus poderes. E, claro, ele pode ter assumido a forma de um rato, mas esse rato é do tamanho de um rinoceronte.

Mas antes que os socos possam começar, um som distante de trovão nos interrompe.

E então um uivo: o som mais arrepiante que já ouvi.

E então, de uma vez, de todos os lugares, monstros estão falando bem alto.

Não, não falando alto. *Gritando...*

Capítulo Sete

O uivo fica mais alto, como um grito lancinante que penetra nas paredes do shopping.

Um monstro grita:

— Lá em cima! Do lado de fora!

Outro monstro grita, mas não consigo entender as palavras. O uivo está muito alto agora, muito perto. Ele cresce e cresce até que...

BUUM!

Uma onda de choque explode pelo shopping, rasgando os longos corredores. O Maiorlusco balança e sacode, como um navio-pirata subitamente atingido pela artilharia inimiga.

Eu me viro e vejo Evie, Ghazt e Smud fugindo.

— Crianças, foi bom bater esse papo! Mas temos que ir! — Evie diz enquanto eles correm para os fundos da praça de alimentação.

> ME PROTEJAM! SOU MAIS IMPORTANTE DO QUE TODOS VOCÊS! E LEMBREM-SE, SE TUDO DER ERRADO, COMEREMOS O SMUD PRIMEIRO!

— Ah, mas que Grande Protetor — June resmunga.

Na parede mais longe, Eve puxa uma alavanca e então...

KLANG!

Portões de aço descem do teto! Eles faíscam e chiam, eletrificados, como tudo aqui em cima. Os portões dividiram a praça de alimentação em duas e ficamos do lado em que o Babão não está. Evie nos lança um último olhar, então as luzes piscam e tudo do lado dela do portão fica escondido na escuridão.

— Acho que teremos que considerar que essa luta *continua* — June afirma.

Atrás de nós, a porta da escada rolante se abre. Ouvimos outro uivo estridente do lado de fora seguido por outro BUUM. O chão ondula abaixo de nós.

— Piso ondulando é provavelmente uma deixa para partirmos — digo.

— De fato — Quint concorda.

— Babão! Eu vou te tirar daí! De alguma forma! — Dirk grita. — Prometo.

O Babão guincha, ainda alheio ao que está acontecendo.

Seguimos correndo para a escada rolante, depois saímos para um dos amplos salões do terceiro andar e somos imediatamente arrastados por uma onda emaranhada de corpos em fuga. Os monstros são uma massa aterrorizada e crescente.

Consigo agarrar o braço de um monstro curvado como o dorso de uma agulha.

— O que está acontecendo? — pergunto.

— Não sei! — o monstro grita. — O Maiorlusco nunca foi atacado! Por isso...

SCRREEEEEEEE!

Outro uivo agudo e rasgado pelo vento corta o shopping e quase perfura meus tímpanos. Monstros cobrem suas orelhas, buracos de orelha, bolas de orelha e quaisquer outras partes do corpo semelhantes a orelhas.

O uivo fica mais alto, mais alto, mais alto, até que...

SCCCRUCH!

— Cuidado! — June grita, e o Maiorlusco cambaleia quando uma lâmina gigante e monstruosa atravessa a parede!

CORTA!

Odeio convidados-
-surpresa!

A luz do dia deslumbrante e brilhante entra quando a lâmina monstruosa abre o shopping como se estivesse realizando uma cirurgia brutal no campo de batalha. A lâmina despedaça lojas, estilhaça elevadores de vidro e abre tetos.

Monstros estão rastejando, cambaleando e pulando para se esconder. Alguns batem as portas de banheiros e lojas, trancando-se do lado de dentro. Outros mergulham em quiosques como se fossem trincheiras.

— Pessoal — digo —, acho que temos que ir para o telhado.

— Odeio dizer isso — June fala —, mas eu concordo.

— Sim — Dirk diz, olhando ao redor. — Esses monstros aqui... não vão lutar.

— Para a escada rolante! — Quint comanda, liderando o caminho. — Rápido!

> Esse não é o trabalho da Evie e do Ghazt?

> Os "protetores" estão protegendo eles mesmos.

Os dois lados da escada rolante estão inundados com monstros descendo, na esperança de encontrar segurança nos níveis mais baixos. Somos como peixes tentando nadar rio acima... em direção ao perigo, e não para longe dele.

— Pelo meio! — June indica, enquanto se esquiva da cauda balançando de um monstro e salta para o divisor de metal da escada rolante.

Chegamos ao nível superior do shopping, atravessamos uma porta de manutenção, subimos rápido por uma escada de cimento frio e finalmente saímos no telhado.

E instantaneamente me arrependo da minha sugestão de "*ir para o telhado*".

Uivos monstruosos enchem o céu crepuscular como sirenes de ataque aéreo e engulo um nó do tamanho de uma almôndega em minha garganta.

Aquele som horrível perfura o ar toda vez que eles mergulham. E quando um deles se aproxima, vejo o porquê: as asas largas e coriáceas dos monstros têm umas fendas finas, e o ar correndo através delas cria o uivo arrepiante.

— Eles estão bombardeando o shopping! — Quint grita. — Usando suas caudas de machado para fazer cortes nele.

— Não vai demorar muito até que o shopping seja apenas um monte de escombros — Dirk comenta.

Uma das criaturas passa bem em cima de mim e tenho uma visão clara da espécie monstruosa conhecida como...

–UIVANTE!–

Fendas uivantes na asa

Mandíbula de Planta Carnívora

Cauda de machado dupla

Pele com escamas de réptil

O enxame de Uivantes dá a volta para começar outra rodada de ataques voando baixo.

Um Uivante em alta velocidade bloqueia momentaneamente o sol ofuscante e consigo enxergar ao longe. Há algum tipo de parque nacional ou reserva natural à frente, árvores altas amontoadas tão firmemente que quase formam um teto.

— Se o Maiorlusco conseguir alcançar aquelas árvores, os Uivantes provavelmente terão que recuar — Quint fala.

June completa:

— Então, temos apenas que segurá-los até chegarmos às árvores.

— Excelente! — respondo. — June, use a Arma para derrubá-los!

— VOCÊ TÁ BRINCANDO? Eu tenho um canhãozinho pequenino aqui. Não aquela coisa do Nono Nêutron ou sei lá como chama o filme que você e o Quint estão sempre tagarelando.

— *O Quinto Elemento*. E entendi o recado.

CRUNCH!

Um rabo de machado corta uma unidade de ar-condicionado levantando uma enorme nuvem de poeira que gira em torno de nós e faz June sorrir...

— Bom, não consigo derrubar eles — June fala enfiando a mão no bolso e pegando várias esferas de fumaça. — Mas posso dificultar a visão deles!

Enquanto June coloca as esferas na Arma, percebo um Uivante mergulhando e uso o Fatiador para apontar o alvo.

Parece que estamos jogando um videogame: June está com o controle e nós somos os jogadores que ficam no sofá, fazendo nossa parte e apontando qualquer vilão que ela não tenha notado.

— Quarenta e cinco graus para a direita! — Quint grita.

— Deixa comigo! — June rosna, já atirando.

A esfera de fumaça explode em uma nuvem verde. O Uivante atravessa a fumaça, girando, momentaneamente desorientado, mas então...

CRRRUNCH!

A torre de rádio do shopping entra em erupção quando o Uivante se choca contra ela! O monstro uiva de dor quando o metal irregular abre um buraco em sua asa esquerda. Ele se desequilibra, caindo rapidamente, incapaz de ficar estável com só uma asa funcionando, o que o coloca em rota de colisão com Quint.

— Amigo, cuidado! — eu grito, mas ele não pode me ouvir por causa do som ensurdecedor do monstro.

Em instantes, o monstro vai colidir com Quint.

Enfio o Fatiador na bainha e começo a correr.

Eu preciso salvar o Quint. Derrubá-lo no chão antes que o Uivante *o acerte*.

Mas não vou alcançá-lo a tempo. Então, quando o Uivante passa na minha frente, eu salto no ar com minha mão estendida... com *a Mão Cósmica estendida*.

Não sei de onde surgiu a ideia, mas algo dentro de mim está me dizendo que se eu conseguisse pegar o Uivante, eu conseguiria pará-lo e jogá-lo para o lado como um frisbee.

É uma ideia impossível. Mas, de alguma forma, naquele momento, aquilo me parece completamente possível.

Meus dedos roçam a garra pendurada do Uivante em alta velocidade. Minha mão acaricia as escamas que cobrem sua parte inferior fria e iridescente. Minha palma roça a cauda dele.

Então, pouco antes de meus dedos encontrarem o machado de lâmina dupla na ponta da cauda do monstro, as ventosas da Mão Cósmica grudam no Uivante. A dor explode no meu braço, como se tivesse sido arrancado do meu ombro por um *Wookiee*.

Sim, essa ideia era mesmo completamente impossível.

AGARRO CÓSMICO!

A Mão Cósmica aperta a cauda e sinto uma onda de energia. Uma enxurrada de imagens fantásticas e gritos cacofônicos em cascata passam pelo meu corpo, pulando do Uivante para a Mão Cósmica, então correndo para partes do meu cérebro. Tudo fica escuro e de repente... de repente, eu vejo.

É como se eu estivesse espiando por trás da cortina e vendo o que não deveria ser visto. Eu sinto o mal indiferente do Uivante. Ouço palavras distantes, faladas na língua de Ṛeżżŏčḣ.

Dura apenas um momento... e então a Mão Cósmica solta o seu contato e meus olhos se abrem.

O Uivante está me encarando. Há um momento de pesadelo em que acho que o rosto do monstro ficou assombrado, demoníaco, mas então percebo que é só porque estou vendo seu rosto de cabeça para baixo. Porque eu estou de cabeça para baixo.

Os olhos do Uivante se cravam em mim, com um tipo de reconhecimento dentro deles.

Eu tento gritar algo como: "Você poderia manter seus olhos na estrada, por favor?", mas o vento batendo forte no meu rosto me cala. O Uivante voa mais baixo, mais rápido, me levando em um passeio mortal à velocidade de um foguete em direção à parte da frente do Maiorlusco.

Então eu abro minha mão e me solto... O ar explode dos meus pulmões quando eu caio no teto do shopping. Meu corpo quica pela superfície como uma pedra lançada sobre a água. Cambaleio até uma posição sentada, com a cabeça girando. Eu afasto a tontura bem a tempo de ver o Uivante atacar a frente do Maiorlusco e fico de pé.

Nos primeiros passos, parece que estou andando em um colchão de ar meio cheio. Mas os próximos são mais estáveis, e estou quase bem quando chego à parte da frente do shopping, onde não há nada abaixo além do Maiorlusco.

O uivo mais alto de todos corta o céu. O Uivante está disparando de volta para o shopping. Na minha direção.

Seus olhos encontram os meus e há algo parecido com uma satisfação cruel e astuta neles. Suas asas se encaixam firmemente contra seu corpo, fazendo com que pareça uma espécie de lâmina de broca supersônica.

Ele se inclina para baixo, acelera a velocidade e se joga de cabeça no Maiorlusco!

Tudo estremece quando o Uivante bate no ponto entre os chifres dianteiros do Maiorlusco como uma espécie de torpedo mortal autodestrutivo...

BUUM!

Pedaços de carne voam. Depois vem uma chuva repentina de escamas e ossos de asa estilhaçados. O Uivante se foi. Ele deve ter explodido contra a superfície e sido puxado para baixo do Maiorlusco sendo esmagado pelo peso do monstro.

O Maiorlusco ruge de dor. O som é quase mecânico: um gemido rouco, como um motor roncando. O Monstro está ferido — e deve doer muito. Sua cabeça balança de um lado para o outro e ele acelera ainda mais.

— Estamos nas árvores! — Quint grita.

Eu caio de bruços enquanto o Maiorlusco anda pela linha de árvores. Os Uivantes restantes são forçados a recuar quando a floresta imponente se torna um dossel protetor.

Respiro e solto o ar longamente. Conseguimos. Estamos escondidos em segurança sob as árvores onde nenhum Uivante pode nos alcançar...

SCREEE!

Tá bom, onde só um Uivante pode nos alcançar. O único monstro restante está sem uma das asas, muito ferido para voar. Mas não ferido o suficiente para desistir...

O monstro começa a atravessar o shopping, arrastando seu rabo de machado e rasgando o teto.

Corro de volta até os meus amigos.

— Isso não é nada bom! — digo quando chego até eles.

— Não mesmo — Dirk responde. — Tá com cara de que seremos a próxima refeição dele.

Sempre imaginei que fosse morrer em uma grande batalha.

Engraçado, eu achei que viveria até os 14 anos.

Espera aí...

Pessoal, nós esquecemos o meu aniversário?

De repente, sei como deve se sentir uma gazela, pega de surpresa na savana aberta por um leão faminto.

Damos um passo para trás e ouvimos um som de gelo se estilhaçando. Eu olho para baixo e minha cabeça fica girando e girando: estamos em cima da enorme claraboia abobadada do átrio... e o vidro está quebrando. Uma fratura na superfície lisa está se espalhando, parecendo as rodovias que se cruzam no mapa da viagem de Dirk.

Muito, muito abaixo de nós, vejo o piso de ladrilhos brilhantes do shopping.

— NÃO! — June grita quando o Uivante dá mais um passo à frente. — PARE AÍ!

— DUVIDO QUE ELE TE ENTENDA! — Quint grita. — MAS ISSO VAI SER RUIM! PARA TODOS NÓS!

O Uivante ignora as palavras dela até dar o primeiro passo no vidro. Ele deve sentir o perigo, porque também congela. E agora nós cinco estamos parados enquanto as rachaduras irregulares se espalham cada vez mais.

Vai acontecer. Vai quebrar totalmente e estou muito atrasado nas minhas aulas de levitação...

CRICK-CRIIIIICK-CRAAAAAAACK!

CRRRRIIIISSSSSSHHHHHHHHH!!

Capítulo Oito

A abóboda se parte em mil pedacinhos quando o vidro explode a nossa volta como confetes de diamante. O Uivante mergulha no buraco e eu e meus amigos caímos atrás dele...
O meu estômago dá um duplo twist carpado mágico que com certeza me daria uma nota 10 perfeita. Mas não há juízes, apenas centenas de monstros assistindo dos vários níveis do shopping. Todos os olhos, e outros orifícios óticos, estão vidrados em nós quando...

SLAM!

O Uivante atinge o chão como uma bola de boliche batendo no concreto ao cair de um prédio de cem andares. Eu venho em seguida, mas dou sorte, pois caio no único lugar do corpo do Uivante que não é coberto de escamas duras: sua barriga.

É como um trampolim... com a diferença de que, quando você pousa em um trampolim, não sente osso ou músculo ou o que pode ser um baço por baixo dele. Quer dizer, eu espero que não. Se você sente qualquer coisa parecida com isso, você tem um trampolim assustadoramente estranho e provavelmente deveria ver como ser reembolsado por isso.

—CUIDADO!

Eu me jogo para o lado quando Dirk aterrissa, transformando a barriga do Uivante naquelas coisas infláveis que vemos em acampamentos de verão. Sabe, aquelas coisas em que uma criança pula e a outra é catapultada para um lago? Pois é.

Não tô morto!

BOING

Dou sorte de novo, pois sou lançado na fonte, caindo nela com um sonoro *SPLASH*! Mas não tem água na fonte, estou lambendo os lábios tentando descobrir o que é aquele sabor estranho quando...

SLAM! SLAM!

June e Quint caem na barriga do Uivante juntos. Então os dois e mais o Dirk são lançados de lá ao mesmo tempo. Meus amigos voam girando pelo ar e...

SPLASH! SPLASH! SPLASH!

— Refrigerante de uva! É isso!

Voltamos à superfície, e Quint já está apontando e planejando.

— Ele está machucado! Vejam!

Uma grande ferida está visível no lado do Uivante... e o fedor inconfundível do mal exala dela. Ele fede como um lixão em um beco.

O Uivante solta um grito de raiva de gelar a espinha, depois se levanta com as mandíbulas estalando, a cauda balançando e as garras cavando o chão rachado.

— Más notícias, gangue — digo. — Acho que ele gosta de refrigerante de uva.

— Bem, ele pode ficar com tudo — June responde.

Todos nós deslizamos, giramos e saímos desajeitados da fonte, apenas alguns segundos antes de...

CRACA-SMASH!

O Uivante atravessa a fonte! Acima do som de concreto estourando e espirrando refrigerante de uva, ouço uma voz... e é uma voz que não ouvi nem uma vez durante todo esse ataque.

— Ei! Era isso que eu ia dizer! — June rosna.

Quint imediatamente entende o que Evie está fazendo e fica bem bravo.

— Evie está transmitindo em voz alta estratégias de combate para fazer parecer que ela está descobrindo um jeito de salvar a todos. Em vez de nós!

— A QUALQUER MOMENTO, ESTES MONSTROS INOCENTES SERÃO ABATIDOS! — Evie grita. — POR FAVOR, JACK, SEU COVARDE CHORÃO! PARE DE SER UM COVARDE CHORÃO E FAÇA O QUE EU DIGO! SEU COVARDÃO.

Minha mandíbula estala de raiva. Eu gostaria de subir até a fortaleza aconchegante da praça de alimentação de Evie e dar a ela o que ela merece. Não que mereça muito, como todas as coisas que você precisa fazer para finalmente obter a *Espada de Biggoron* no jogo *Ocarina of Time*. Mas ela definitivamente merece um corretivo.

— Carro! — Quint grita de repente, apontando. — Um carrão! E vindo direto na nossa direção!

A cauda do machado do Uivante acabou de cortar uma barreira de corda de veludo chique e bateu no conversível prateado atrás dela. O alarme do carro toca enquanto ele gira no ar, capotando e vindo direto em nossa direção.

"Ali. Vamos pra loja de colchões!"

— Mostre o caminho! — eu grito e todos seguimos o Dirk, correndo até a loja de colchões. E bem na hora, pois em seguida o conversível bate na entrada atrás de nós e o Uivante vem atrás dele.

Nós nos abaixamos atrás de um enorme quarto montado. Travesseiros e cobertores estão empilhados por toda parte, nos mantendo escondidos, por enquanto, do Uivante que nos persegue, procura e caça.

— Claro que seria bom ter alguma ajuda dos moradores locais — Dirk resmunga com raiva.

— Pode esperar sentado — respondo. — Esses monstros do shopping não vão se envolver enquanto Evie e Ghazt disserem que eles têm tudo sob controle. O problema é que Evie e Ghazt não têm tudo sob controle!

— Então, faremos exatamente o que eu ia dizer para fazermos antes de Evie gritar para todo mundo — June fala enquanto gira um botão na Arma. — Vamos atacar o machucado dele.

— Tem um problema — Quint diz. — O Uivante é bastante colossal. Alcançar o machucado vai ser difícil.

June abre um sorriso malicioso.

— Vai me dizer que você nunca teve problemas por pular na cama?

— Problemas? Não — Quint responde. — Na verdade, meus pais incentivam energica...

— Agora não, cara — Dirk fala, enquanto pega uma luminária comprida. Eu pego meu Fatiador enquanto Quint prepara seu cajado.

— Certo. — June respira fundo. — Ao meu sinal...

— O MONSTRO É UMA AMEAÇA PARA OS BONS CIDADÃOS DO SHOPPING! DESTRUAM ELE! — Evie grita. — ATAQUEM O MACHUCADO!

— Aaahh, sim, eu estava prestes a dizer isso! — June grita. — Pare de pegar nossas ideias e agir como se fossem suas, Evie!

— Hã, ei, June — eu sussurro. — Acho que a Evie não consegue te ouvir...

— Cala a boca, Jack!

E esse acaba sendo o sinal. Mal as palavras "cala a boca, Jack" saem dos lábios de June, a gente já está em movimento, correndo cada um para uma cama, pulando nela e nos lançando para a frente...

SKREEEE!!

ATAQUE

SPAP

BOSH SKUT

O grito de dor do Uivante poderia mover montanhas: sua cabeça bate forte em um ventilador de teto, seus globos oculares giram no sentido horário e finalmente...

THUMP!

O Uivante bate em um beliche, quebra-o e cai de barriga para cima. Uma longa língua cinzenta salta de sua boca, caindo no chão com um estalo molhado.

E, finalmente, tudo fica calmo.

— Acho que ele foi colocado na cama para dormir — digo. — Dormir para sempre.

June resmunga, e Dirk resmunga mais alto.

— Até que foi boa, amigo — Quint fala, rindo.

— Obrigado pelo apoio, amigo — comento enquanto coloco meu pé no peito do Uivante.

Espera, Jack. Tira o pé!

Mas estou em minha heroica posição de matador de monstros! Podem fazer igual, tem muito espaço por aí.

Por que vocês não fizeram ainda?

June agarra meu tornozelo e me arranca dali, então eu vejo o que deixou o Quint tão intrigado. Tem algo parecido a um colar em volta do pescoço do Uivante, mas que definitivamente não é o colar de pérolas da avó dele.

— É feito de osso.

— E trepadeira. E muito bem trançado.

— Que monstro moderninho, hein?

Olho de perto, o colar meio que se entrelaça com a pele escamosa do Uivante.

— É quase como... uma marca — June fala. — Ou um símbolo.

— É o Thrull — Quint diz, arrancando um pedaço, que momentaneamente se contorce em sua mão como uma cobra. — Estas são as trepadeiras do Thrull.

— Thrull está fazendo mais progresso a cada minuto — June afirma. — Suas forças vão muito além de um exército de esqueletos agora.

— Mas o que essas forças estão querendo atacando um shopping? — Dirk pergunta.

— Talvez não seja o shopping que ele quer — Quint responde. — Talvez sejamos nós.

— Ah, sim, ele com certeza nos quer — comento. — Mas como ele saberia que estamos aqui? Tem que ser alguma outra coisa...

— Provavelmente a promoção de bermudas, duas por uma — Dirk ironiza.

De repente, há um som forte de batida dentro da loja. Todos nós giramos e...

— Ghazt — eu rosno.

A gigantesca fera-rato vem em nossa direção, batendo de lado nas cômodas e mesinhas de cabeceira, antes de finalmente parar ao lado do Uivante. Ele se inclina sobre a besta caída e...

CHOMP!

Os dentes de Ghazt mergulham nas escamas do pescoço do Uivante como se ele fosse algum tipo de rato Drácula.

— Acho que você deveria saber — Quint diz a Ghazt com urgência na voz — que essas feras voadoras estão aliadas ao Thrull. Eles usam suas trepadeiras. Não sabemos por quê, mas se suas forças estão mirando no Maiorlusco, os monstros aqui precisam se preparar para defender a si mesmos e à casa deles.

Ghazt age como se Quint nem estivesse falando. Ele simplesmente sai da loja com o Uivante flácido pendurado em seus dentes.

— Mas o que foi isso? — pergunto.

Todos nós trocamos olhares confusos e seguimos Ghazt até o saguão principal.

Ghazt joga o Uivante no chão. A fera está largada lá para todos verem. Os monstros aplaudem! Então a voz de Evie ressoa...

AMIGOS! MONSTROS!

Hoje é um dia auspicioso. Ghazt, o General Cósmico, fez o que Jack Sullivan e seus amigos não conseguiram! Ele sozinho derrotou o monstro que invadiu nossa casa! Ghazt, e apenas ele, é verdadeiramente o Grande Protetor de vocês!

Capítulo Nove

Inacreditável! Evie e Ghazt estão tentando levar o crédito por termos derrotado aquele Uivante!

— Vamos todos nos lembrar do grande risco em que Ghazt se colocou — Evie fala enquanto volta para a praça de alimentação. — Estamos vivos por causa de sua bravura e liderança destemidas. É por isso que ele é o GRANDE PROTETOR de vocês!

Olho de lado para meus amigos. O mesmo olhar está estampado em cada um de nossos rostos...

Este olhar!

(Um olhar bravo.)

E os monstros até aplaudem!
— Obrigado, Ghazt! – um deles grita.
— Estamos em débito com você, Grande Protetor! — outro grita.
Evie continua seu desfile de pronunciamentos cheios de mentiras.
— Como a segunda em comando de Ghazt, prometo que NÃO haverá MAIS ataques! Nunca mais vocês enfrentarão tanto terror!
— Ela tem zero controle sobre se o Thrull nos atacará novamente ou não — digo aos meus amigos. — Ela não pode prometer isso!
Dirk diz:
— Ela acabou de fazer isso.
— Por que ela não está mencionando Thrull? — Quint pergunta, atordoado. — Se esses monstros souberem que o shopping é o alvo do vilão mais vil da terra, alguns podem sair e buscar segurança em outro lugar. E outros podem ficar e lutar. Mas eles têm que saber disso! Eu contei a Ghazt sobre o Thrull, mas ele e Evie estão ignorando os fatos mais básicos do que está acontecendo aqui. Por quê?
— Bem — digo, pensando em voz alta —, porque Evie e Ghazt prometeram proteção a esses monstros. Mas se os monstros perceberem que não estão realmente protegidos...
— Então eles não teriam por que tolerar todas as regras e leis idiotas deles — June fala terminando minha frase. — E se isso acontecer...

— Evie e Ghazt perdem o poder — Quint complementa. — Poder que lhes concede o primeiro comando sobre tudo o que vem a bordo. O que não apenas dá a eles os itens mais legais, mas também é como eles procuram informações sobre a localização da Torre.

— E — Dirk acrescenta — eles perderiam seus direitos sobre o Babão.

Ficamos todos em silêncio por um momento, pensando no que isso significaria para Babão. Para Dirk. Para nós. E para os monstros a bordo do Maiorlusco.

— Então, em resumo — Quint diz —, enquanto Evie e Ghazt mantiverem esses monstros sem saber sobre a ameaça do Thrull, eles continuarão a governar o shopping. O que significa que poderão ficar com o Babão e, a qualquer momento, podem pegar algum monstro que lhes diga onde fica a Torre.

Observamos os monstros, que ainda estão balançando a cabeça e suspirando de alívio com as garantias de Evie.

— Pessoal — June fala —, sabíamos que seria preciso mais do que apenas nós para derrotar o Thrull. O problema é que os moradores da Cidade Maiorlusco não parecem se importar. É como se pensassem que são invencíveis por estarem aqui. Mas não são. Estão todos em grande perigo... a menos que eles revidem. E nunca vão revidar enquanto Evie e Ghazt estiverem no comando e continuarem os alimentando com essas mentiras.

Olhando em volta, June vê um quiosque de shopping cor-de-rosa neon, uma loja de equipamentos de caraoquê. Ela pega um dos microfones magenta, gira o botão de volume e um chiado irrompe...

> Ei, Evie! Como sabe que não haverá mais ataques? Tem bola de cristal?

Antes que Evie pudesse responder, Smud aparece ao lado dela e revela uma daquelas Bolas 8 Mágicas ainda na caixa. Tenho certeza de que vejo uma etiqueta de preço nela.

— Na verdade, eu tenho sim! — Evie diz, removendo a Bola 8 Mágica e dando uma boa sacudida. — E ela diz: todos os sinais apontam para... GHAZT MANTENDO OS CIDADÃOS DA CIDADE MAIORLUSCO SEGUROS!

Os monstros suspiram maravilhados com essa magia.

— Ah, dá um tempo — eu resmungo. — Isso nem é uma resposta da Bola 8 Mágica. Elas só respondem duas coisas e nenhuma delas é sobre Ghazt.

Os monstros aplaudem. Ela está dizendo a eles tudo o que querem ouvir, mas o que eles precisam ouvir é a verdade, mesmo que não gostem.

June pega o pedaço do colar do Uivante e o mostra aos monstros.

— Esse ataque não foi aleatório. Isso aconteceu porque Thrull se interessou pelo Maiorlusco. E todos nós precisamos lidar com isso! Porque Thrull serve a Ṛeżżőcħ e quer trazer Ṛeżżőcħ aqui para destruir tudo!

Os monstros murmuram e se sacodem, eles olham para Evie e Ghazt, esperando ser tranquilizados, mas June continua.

— Existem bons monstros que querem deter Thrull. Uma aliança! E se vocês se juntarem a nós, juntos podemos derrotar Thrull e impedir que Ṛeżżőcħ venha!

Mas os monstros não estão convencidos...

REŻŻOCH NÃO É PROBLEMA NOSSO! E NÃO É NOSSA LUTA.

ESTAMOS A SALVO NO MAIORLUSCO.

ESTAMOS A SALVO ENQUANTO GHAZT ESTIVER AQUI NOS PROTEGENDO!

ENQUANTO RECEBER CAIXAS DE CORREIO PRA MINHA COLEÇÃO, FICO FELIZ.

— VIRAM? — Evie fala. — Jack, June, ninguém quer ouvir toda a sua desgraça e tristeza. Ninguém quer se inscrever para sua guerrinha.

Olho para Dirk, que parece ter acabado de levar um soco. Ele está com medo, muito medo. Menos de vinte e quatro horas atrás, Dirk fez uma promessa:

> Não sei se você consegue me entender, mas o negócio é o seguinte, Babão.

> Você pode nos ajudar a derrotar um monstro muito mau. Se vier conosco, prometo que cuidarei de você.

> Vou te proteger de qualquer jeito!

Por um segundo, eu esqueço todas as coisas a respeito da dimensão ameaçada e tudo o que vejo é o desespero absoluto no rosto de Dirk. Precisamos garantir que Dirk cumpra sua promessa ao Babão. Porque, se Dirk quebrar essa promessa, isso pode destruí-lo em pedaços como um dos Globos de Coisas de Evie e Ghazt...

É isso. Mas é claro!

— EI, MONSTROS! — grito, chamando a atenção deles. — EU TENHO ALGO A DIZER!

Eu puxo o Fatiador das minhas costas, girando-o despreocupadamente enquanto me dirijo à multidão.

Sei que não posso usá-lo para controlar zumbis, pelo menos não aqui, com Ghazt assistindo. Mas isso não significa que seja impotente.

— Vocês podem pensar que o que está acontecendo além dessas paredes não tem nada a ver com vocês... e ei, talvez vocês estejam certos. O que eu sei das coisas? Sou apenas um garoto órfão de um lugarzinho chamado CidadeQualquer...

Com o canto do olho, vejo June e Quint trocarem um olhar confuso pensando: "CidadeQualquer"?

Eu sorrio e dou um passo em direção a uma das colunas que seguram o trilho do monotrilho.

— Eu não sei de tudo — continuo. — No entanto...

CRACK!

Eu bato com o Fatiador na coluna com a força de um aspirante a astro do beisebol. A coluna vibra até a praça de alimentação, até a pista do monotrilho, até o monotrilho. O carrinho sacode e eu pulo para trás quando...

SMASH!

Um pallet de itens privados de Evie e Ghazt cai espalhando itens incríveis pelo chão.

— Tem uma coisa que eu sei com certeza...

ESTAS COISAS SÃO INCRÍVEIS!

E todas as coisas mais incríveis... Evie e Ghazt estão escondendo lá em cima! E vocês merecem um líder que NÃO ESCONDA AS COISAS INCRÍVEIS.

Os monstros emudecem. Thrull construindo uma Torre que trará R̦eżżőcħ à Terra e dizimará nossa dimensão? Não é um problema para esses caras. Mas a percepção de que estão negando coisas boas para eles? Isso é inaceitável!

— Ei! Isso não é verdade! — Evie grita. Sua voz está meio falha. — Essas coisas incríveis iam para vocês. Elas apenas, hã, foram colocadas no lugar errado. Guardadas incorretamente. É... culpa do Smud!

Smud claramente não está acompanhando a conversa e fica feliz em ouvir seu nome. Então junta as mãos e as sacode sobre a cabeça, pensando que fez algo de bom. Ele é prontamente atingido por um pão velho.

June olha para mim e pisca. Eu não sei o que essa piscadela significa e, de repente, estou nervoso...

June diz:

— Jack está certo. Vocês dois estão lá em cima em sua torre aconchegante, decidindo quem fica com o quê. Claro, vocês alegam fornecer proteção, mas este shopping precisa de alguém que ofereça mais do que isso. E por isso... desafiamos Ghazt PARA UMA ELEIÇÃO.

Todos parecem surpresos.

— Mas não para o cargo de Grande Protetor — June explica. — O cargo que precisa de uma eleição correta é...

— PRESIDENTE DA TURMA! — eu falo e lanço um sorriso pra June. Acertei em cheio, certo?

June fecha os olhos por um momento.
— Não. Quase, mas não. De PREFEITO!
Ela pega minha mão, levanta sobre a pilha de coisas e...

> Evie Snark, Ghazt e monstros grandes e pequenos. A partir deste momento...
>
> Jack Sullivan está concorrendo a prefeito do Shopping!

— Como é que é? — Evie grasna.

— É isso mesmo! — June grita. — RESIDENTES DO SHOPPING, TEREMOS ELEIÇÕES! A VOTAÇÃO SERÁ EM CINCO DIAS!

— Não! — Evie grita. — Não, não, não! Hã... hum... NOVA LEI! Sim, Lei 413 do Grande Protetor, anunciada neste momento: NADA DE ELEIÇÕES. NADA DE PREFEITOS.

Mas as palavras de Evie são abafadas por monstros rugindo de excitação.

— Desculpe, Evie — June diz, dando de ombros. — Mas os monstros parecem gostar da ideia, não podemos voltar atrás agora.

Evie apenas fica lá, fumegando.

— A gente se vê na campanha eleitoral! — June fala para Evie, então gira de forma inteligente e se afasta.

Eu rapidamente corro até June.

— Ei, amiga? Quer me dizer o que está acontecendo aqui?

June sorri com confiança.

— Você está concorrendo a prefeito, é isso que está acontecendo — ela responde. — Se você vencer, resgatamos o Babão, impedimos que Evie e Ghazt encontrem a Torre e damos a esses monstros uma chance justa contra Thrull.

— E se perdermos? — pergunto.

— Jack — ela fala —, eu não perco.

Gosto dessa estratégia de "eu não perco", parece uma estratégia vencedora. E me deixa animado.

Começo a me imaginar como prefeito. E quer saber? Acho que gosto disso...

Capítulo Dez

Minha campanha para prefeito começou com força total; conseguimos nosso primeiro apoiador menos de quinze minutos depois, enquanto caminhávamos por um dos muitos corredores do shopping em busca de material eleitoral.

— Você tem meu voto, amigo de Dirk — diz uma voz baixa e desconhecida.

Faço uma pausa e olho ao redor. Quem no Maiorlusco conhece Dirk? A voz vem de um quiosque: "Cada coisinha que vendemos é MAGIKA".

> Ei, é Yursl! Yursl, estes são meus amigos: June, Quint e Jack.

> Pessoal, Yursl me ajudou depois que eu ganhei dela em um jogo de basquete.

> EU TEREI A MINHA REVANCHE.

Os dois amigos improváveis conversam enquanto eu me lembro do que Dirk nos contou sobre Yursl: é uma conjuradora estranha e que o ajudou em um aperto.

Aqui, em seu quiosque de shopping, ela está cercada por uma nuvem de névoa brilhante, e a pele dela brilha com um leve neon roxo. Seria tudo muito místico se ela não estivesse girando uma bola de basquete na ponta dos dedos e discutindo com Dirk sobre os melhores e os piores campeões do Campeonato de Enterradas.

Além disso, a névoa não é mágica. Só descubro isso depois que Yursl começa a tossir, xinga a máquina de neblina a seus pés e a desliga com um chute rápido.

— Eu tenho tantas perguntas... — Quint diz, olhando o quiosque com admiração.

— Ei, caras — June nos chama. — Vou ver aquela loja de artigos de papel. Vamos precisar de muito papel para nossa campanha.

— Claro — eu concordo. — Não, espera, por quê?

— Jack — June levanta as sobrancelhas para mim —, confie na especialista.

— Eu ajudo — Dirk oferece. — Farei o que for preciso. Eu preciso muito que você ganhe — acrescenta. — Você sabe, né?

Eu concordo com a cabeça, imaginando o Babão em sua gaiola.

— Eu sei.

Dirk faz um aceno com a mão.

— Yursl, vejo você depois?

— Não se eu te vir primeiro — ela diz. Então, depois de um momento, ela acrescenta: — O que vai acontecer. Claro. Porque, você sabe. Tenho *poderes de conjuradora*.

Com Dirk partindo, Quint pôde fazer todas as perguntas a essa estranha senhora que parece uma bruxa. O que, por ser Quint, são *muitas* perguntas.

— Você acha que... — Quint parece subitamente tímido. — Eu poderia aprender a usar alguns desses objetos mágicos? Você poderia... me ensinar?

Mas nem consigo esperar que Yursl responda, porque estou percebendo que talvez tenha cometido um erro gigantesco.

— Ei, pessoal? Hã... senhora? — digo, levantando minha mão, que acabei de enfiar em uma daquelas armadilhas de dedo. — Hã, há algo errado com isto aqui... Ai! Está, tipo, vivo e... sim, está roendo meu dedo indicador. Você poderia remover isso daqui, por favor, por favor?

Yursl apenas encara Quint, ignorando totalmente meu dilema de dedos devorados.

— Seu cajado me lembra o cajado de um conjurador. Posso segurar?

Quint entrega-o alegremente.

— O cajado de um conjurador... — ele repete, baixinho, e eu posso ver que ele gosta daquilo... muito mais do que de "bastão" ou "bengala".

— Sim, muito reminiscente... — Yursl diz, virando-o em suas mãos. — A forma com certeza. Mas mais do que isso... sua intenção.

— Hum... "intenção"? — Quint pergunta. — Bem, quando comecei a construí-lo, tinha planos extensos, mas então começamos esta viagem e não tive muito tempo para trabalhar nele.

— Oh... Ah! — Quint diz, finalmente percebendo que estou em perigo real. — Certo. Hã, senhora Yursl? Você se importaria de ajudar meu amigo?

— Deixe-me fazer essa pergunta para você — Yursl responde. — Já que está interessado em objetos mágicos, o que usaria para libertar a mão de seu amigo das garras do *Schloop*?

— Hmm... — Quint bate no queixo enquanto olha ao redor do quiosque, com seus olhos deslizando por caldeirões borbulhantes, garrafas de formatos estranhos e chaves brilhantes. — Existem tantas opções... e eu não sei o que a maioria das coisas faz...

— Quint! — grito. — Apenas escolha um, ok?

O olhar de Quint pousa de volta na bola de basquete que Yursl estava girando quando entramos ali.

— Aquilo — ele diz.

— Cara — eu falo —, você pode escolher entre cristais mágicos e varinhas e você escolhe uma bola de basquete? Quer que meus dedos sejam mastigados?

Mas Yursl apenas sorri. Ela pega a bola de basquete de volta, coloca-a na frente do Schloop e gira a bola novamente. Instantaneamente, o Schloop começa a ronronar e seu aperto relaxa completamente. Dou um suspiro de alívio e devolvo o Schloop à prateleira, soprando meus dedos para trazer vida de volta a eles.

— Uau — Quint diz, olhando para Yursl maravilhado. — Você usou a bola de basquete girando para hipnotizá-lo!

— E você, Quint — Yursl responde —, passou no teste! Provou ser digno. Eu concederei seu pedido de ser ensinado. Você será meu...

— Aprendiz? — Quint intervém. — Vou ser aprendiz de conjurador?

— Estagiário — Yursl responde. — Você será meu estagiário. Completamente não remunerado. Isso não é um conto de fadas.

— Estagiário — Quint repete, claramente amando aquilo.

— Eu vou permitir que você experimente a Capa do Conjurador — Yursl diz, jogando-a para Quint. — Só uma vez.

Quint está tremendo de excitação enquanto joga a capa sobre os ombros. E ele parece bem legal com ela.

> Você é um mago, Quint.

> DEVIA TER MENCIONADO QUE ESSA CAPA TE DARÁ UMA ALERGIA TERRÍVEL.

> Valeu a pena.

O sorriso de Quint é contagiante. Percebo na hora que fazia muito tempo que não via o Quint tão feliz. É disso que ele gosta.

121

Então decido sair dali, deixando Quint e Yursl falando de suas coisas nerds de ciência/conjuração.

E enquanto eu me afasto, escuto...

— EI! SULLIVAN! Você é um candidato agora, ande como um!

Eu giro e vejo June vindo até mim em um daqueles *transportes em duas rodas* de segurança de shopping. Ela está rebocando um carrinho carregado com toneladas de suprimentos de campanha.

— Ombros para trás. Cabeça erguida — June comanda, assumindo imediatamente como gerente de campanha. — Você tem que parecer elegível. Imponente. No comando.

Eu pulo no carrinho e dou a ela minha pose de liderança...

> Que tal esta pose de comandante? Até levantei a perna e tal.

— Hã, você ficou parecendo um cachorro que precisa de um poste. Mas vamos trabalhar nisso! Ei, pronto para ver nossa sede de campanha? — June pergunta. — Johnny Steve escolheu um lugar.

Eu a sigo por corredores lotados e movimentados até chegarmos...

— Gostamos muito — respondo. — E obrigado por ficar de olho nos meus zumbis.

Eu balanço o Fatiador em direção a uma barraca de acampamento.

— Relaxem, caras — digo, e Alfred, Esquerda e Glurm saem para ficar mais confortáveis.

Pego um moletom para usar como travesseiro, depois corro e salto de um trampolim, e cerca de sete segundos depois que minha bunda bate no trampolim, estou pronto para dormir.

Meus amigos voltam logo depois. Quint, ainda brilhando, vai direto para uma rede, enquanto Dirk se aconchega em uma piscina inflável. June, no entanto, ainda está empolgada e trabalhando.

— Descansem um pouco! — ela grita. — A campanha começa amanhã...

A campanha. Nossa melhor chance para libertar o Babão, fazer com que esses monstros ouçam a verdade e encontrar uma saída do Maiorlusco.

E então, talvez, eu possa contar aos meus amigos o que está acontecendo com a minha mão...

Eu olho para a Mão Cósmica novamente, ela parece mais grossa.

Isso é assustador. Muito assustador para pensar nisso agora. Eu a empurro debaixo do meu travesseiro de moletom e logo minhas pálpebras estão se fechando...

Capítulo Onze

Dirk me acorda. Aparentemente, ele está aproveitando ao máximo nossa nova casa, pois já está vestido da cabeça aos pés com roupas de ginástica neon. Ele me entrega uma garrafa novinha em folha cheia de *refrigerante de cereja*.

— Você vai precisar — ele me fala. — June está pronta e animada.

Ele não está brincando. Ainda estou limpando a remela dos meus olhos e June já começou...

> Bem-vindos à sala de guerra, meninos. É o seguinte: temos quatro dias até a eleição. Se todos fizerem o que eu disser, Jack Sullivan será o prefeito da Cidade Maiorlusco.

Estratégia de campanha

JACK
FEITO
JACK PRA PREFEITO DA CIDADE

June começa:

— Primeiro, as más notícias. Vai ser difícil derrotar Ghazt e Evie, porque eles mantiveram os monstros seguros até agora.

— Mas eles já estavam seguros — Quint explica. — O Maiorlusco não estava constantemente sob ataque. Johnny Steve disse isso.

— Sim — June responde. — Mas Evie e Ghazt estão levando o crédito por isso... e está funcionando.

— E quanto à entrega de coisas que eu fiz, hein? Isso provavelmente ajudou, certo? — eu pergunto. — Aprovação, por favor? — acrescento com um sorriso suplicante.

— Esse sorriso suplicante, Jack, esse é o olhar de um político! — June diz. — E, sim, sua entrega de coisas de pilhagem foi boa. No entanto, Evie e Ghazt agora estão distribuindo TONELADAS DE COISAS BOAS. Evie já estava acordada de madrugada e jogando "presentes" aos moradores locais.

— Adivinha quem é agora o orgulhoso proprietário de nove sapatos? — Johnny Steve se gaba.

— Mas também há boas notícias — June continua. — Os monstros acham que Evie e Ghazt são muito irritantes. A maior reclamação são as intermináveis novas leis que eles criam.

— Evie gosta de estar no comando. O poder... — digo. — O negócio dela é estar no poder.

June concorda.

— As leis deveriam ser divertidas, mas acho que eles não têm ideia sobre a definição real de "diversão".
— Ah, sim — Johnny Steve entra na conversa. — As Quartas do Chapéu Maluco têm sido um fracasso consistente...

> Você chama esse chapeuzinho de maluco? Não é. No máximo é extravagante. Espero que a hélice funcione.

— Então está tipo equilibrado? — pergunto.
— Neste momento, qualquer um de nós poderia ganhar?
— Não! — Johnny Steve responde. — Você definitivamente vai perder.

June bate com o punho na mesa, que prontamente se quebra em dois pedaços.

— Ops, esqueci da Arma — ela diz. — Bom, isso deveria ser apenas uma batida na mesa inspiradora e de liderança, não algo para criar danos à propriedade.

— Eu achei legal — Dirk diz com um encolher de ombros.

June continua:

— Nós podemos mudar as primeiras impressões dos monstros. Porque aqui temos... o *Time dos Sonhos*!

— NÓS TEMOS? — Johnny Steve exclama vertiginosamente. — Ó, estou tão animado para conhecer o Charles Barkley. O maior de todos os golfistas humanos!

Dirk balança a cabeça.

— Não *aquele* time dos sonhos, Johnny Steve. Ela só quer dizer... hã, você sabe... nós.

June se inclina para a frente.

— E especialmente você, Jack. O candidato...

> Você é uma pilha de barro sem forma e desinformada que eu vou moldar no candidato perfeito.

> Meu trabalho é ser modelo?

> Não, amigo. June disse que vai moldar você. O moldado.

> Rá! Jack mofado.

— E eu sou... — June diz, batendo em seu crachá — A COORDENADORA DA CAMPANHA. Fiz minha primeira campanha na quarta série... e ganhei. Eu sozinha consegui que Martha Heyward fosse eleita presidente do corpo estudantil, apesar de suas intermináveis gafes verbais e sua insistência em fazer todos os discursos por meio de seu assustador boneco de ventríloquo, o senhor Madeirinha...

> Pizza no almoço às sextas!

> Já temos isso, Martha! Chama Sexta da Pizza e literalmente acontece todas as sextas!

— Uau — exclamo. — Se você a elegeu, imagine o que pode fazer com um candidato que não usa bonecos de madeira!

— Bonecos de madeira — Dirk ri. — Amo bonecos de madeira. Nada supera um boneco de madeira falante.

— FOCO, MENINOS! — June diz. Seus olhos estão atentos e carregados de felicidade. — Primeiro, precisamos de um *slogan* de campanha. Algo cativante. Memorável, mas não brega. Vamos fazer um *brainstorming*. Nenhuma ideia é ruim. Basta colocá-las no quadro.

June fez uma parede de cortiça improvisada com uma dúzia de alvos de dardos e nós apresentamos algumas ideias. Ela diz que precisamos *visualizar* o *slogan*.

SLOGAN DO JACK:

Tenho uma mão de tentáculo, então... a escolha é óbvia?

SLOGAN DA JUNE:

Leia meus lábios: Ghazt é fedido

É a Economia do Escambo de Monstros, estúpido!

PUGILISMO!

Ventríloquo: O Jack vai chorar se perder, então vote nele

Você está melhor agora do que há quatro dias?

Gosto do Lek, mas o Lek morreu, então vote no Jack!

SLOGAN DO DIRK:

SLOGAN DO QUINT:

SLOGAN DO JOHNNY STEVE:

Vote no Jack, eu a que ele conhecia Charles Barkley

Quint não ofereceu nenhuma sugestão de *slogan*, então dou uma encarada nele. Mas ele não percebe, pois está prendendo uma pequena maçaneta em sua bengala de conjurador. Percebo que esteve brincando com aquilo o tempo todo e está tudo bem para mim... afinal, parece que coisas de conjuradores interdimensionais são mais valiosas na luta contra o mal supremo do que *slogans* de campanha.

— Sabem de uma coisa? — June diz depois de olhar para nossas ideias por um longo tempo. — Eu vou pensar sobre isso mais tarde. Eu comigo mesma. Sozinha.

— Certo! — respondo. — Adorei a dedicação, June... muito bom mesmo.

— A boa notícia — June continua, como se estivesse tentando tranquilizar a mim e a si mesma — é que eles não têm uma plataforma. *Nós temos*.

— E é uma boa plataforma! — Dirk concorda. — Latão maciço! Peguei na Casa das Plataformas.

June balança a cabeça.

— Não. Eu estou falando sobre contar aos monstros a verdade: que Thrull é um perigo que deve ser enfrentado por todos nós *juntos*.

Ela revela um grande mapa do shopping e diz:

— Precisamos vasculhar cada um dos bairros do shopping e apresentar a promessa de Jack Sullivan a todos os cidadãos da Cidade Maiorlusco.

Eu pulo de pé.

— Eu sei exatamente por onde começar...

> Jack Sullivan, candidato a prefeeeiiito! O que Ghazt já fez por você?

> Acho que não é o melhor lugar pra isso.

Depois de uma hora acenando para monstros, distribuindo *bottons* e comendo churrasco de graça, estou cheio de confiança.

— Quint, essa coisa de "se candidatar a prefeito" é moleza. Acho que tenho tudo sob controle...

VROOOM!

Quint gira.

— Nossos BuumKarts!

— Passando voando por nós! — grito. — E dirigidos por nossos inimigos. Isso que é torcer a faca no ferimento.

Meu queixo cai.

Seguimos o som dos BuumKarts, nossos BuumKarts, até uma enorme Pista de Salto de Esqui *Indoor*. Monstros muito altos estão usando monstros redondos e planos como trenós, se atirando ladeira abaixo e depois se lançando em um salto épico. Todo mundo parece estar aproveitando demais.

No topo da encosta, Smud distribui picolés em forma de Ghazt. E eu espero que sejam picolés em forma de Ghazt e não ratos congelados. Ghazt descansa embaixo da pista, relaxando na maior piscina inflável que eu já vi.

Meu plano é esbarrar com confiança em Ghazt, meu inimigo e atual oponente. Mas, em vez disso, acabo escorregando e deslizando pela neve coberta de gelo, finalmente caindo no chão congelado. Eu não pareço nem um pouco elegível.

— Muito discreto, Jack — Evie fala, caminhando com seu par de botas pesadas de neve.

— O que aconteceu com aquela ideia de ontem de lutarmos? — murmuro. — Porque eu ainda sinto vontade de lutar contra eles. Além disso, minha bunda está gelada.

— É muito mais digno vencer você nas urnas — Evie responde.

Quint, que está usando seu cajado como uma espécie de bastão de esqui e avançando facilmente, diz:

— Festas extravagantes de salto de trenó e picolés de rato não fazem uma campanha vencedora. Vamos, Jack. Vamos mostrar a Evie como é um candidato de verdade.

— Pode apostar que vamos — digo, quando começo a ficar de pé. Mas eu escorrego. De novo. E caio. De novo. Eu tento mais três vezes antes de finalmente desistir e rastejar em direção à saída.

— Muito tonto! — Evie grita para nós. — Ao que parece, candidato de verdade parece muito tonto!

Os monstros devem concordar, porque estão uivando de tanto rir quando finalmente chego à porta.

Isso poderia ter sido bem melhor, mas Quint e eu continuamos otimistas! Continuamos com o turbilhão da turnê de campanha.

Em seguida: as profundezas do Maiorlusco, na esperança de garantir o voto dos Sucateiros. Mas para que eles pelo menos considerem votar em mim, querem que eu prove que posso sair com eles.

E por "sair" eles querem dizer montar um TrombaPesqueira e não cair de lá. Sorte que a Mão Cósmica me ajuda muito com isso...

É isso que vocês fazem pra se divertir?

NÃO. É O QUE ELES FAZEM.

UAU, QUASE 3 HORAS, SENHOR CANDIDATO. EI, ESPORA, ELE BATEU SEU RECORDE DE 7 SEGUNDOS.

ARGH.

Próxima parada: a cena gastronômica do shopping. Esses monstros realmente gostam de comer e dizem que o lendário sanduíche Fulgor dos Olhos Vermelhos do Chef Rotbrood é a refeição do shopping que você não pode perder.

— Ouça, Jack — Quint sussurra quando entramos em uma lanchonete convertida. — Se você terminar um dos sanduíches do Chef Rotbrood, ganhará o voto de todos os *gourmets* do shopping.

Chef Rotbrood está esperando em uma mesa nos fundos, mas, assim que me sento, descubro que há uma pegadinha. Uma pegadinha bem grande...

Cinquenta e sete minutos depois, dou a última mordida. O prato está vazio e todos estão comemorando... até o Chef Rotbrood.

— Quint — consigo dizer quando saio do restaurante. — Eu preciso de um cochilo.

Quint me dá um tapinha nas costas.

— Em breve! Faltam apenas dezenove paradas de campanha!

A partir daí, jogamos cartas com um esquadrão de lutadores de monstros, cumprimentamos todos os Virapiks no circo de monstros e até ensaiamos alguns textos com uma companhia de teatro itinerante de monstros.

Na gigantesca e monstruosa medula espinhal no centro do shopping, acho que até conquistei o Sindicato dos Negociantes e Mercadores...

Esta área de Negociantes e Mercadores é a espinha dorsal da economia de trocas e barganhas deste shopping!

Estamos voltando para o Esportista, prontos para encerrar a noite, quando ouço monstros sussurrando meu nome e rindo! Percebo que todos estão assistindo a uma das telas grandes do shopping.

Olho para a tela e me vejo! Escorregando no gelo, mais cedo, naquele dia. O shopping inteiro está me vendo cair como um bobão.

VOCÊ REALMENTE QUER UM PREFEITO QUE ESCORREGA DE NOVO E DE NOVO E DE NOVO?

BONK

CRAK

VOTE GHAZT
PARA PREFEITO

— Uma difamação! — Quint fala.

E não há dúvida de quem está por trás disso: Evie e Ghazt, que estão orgulhosamente assistindo à TV.

Minha campanha caindo... e rápido.

Felizmente, June aparece para me socorrer.

— Evie, Ghazt e monstros honrados — ela grita. — Todos nós sabemos que ser bom em andar no gelo escorregadio não é o objetivo desta eleição. O que acham de resolvermos isso como *candidatos sérios*?

SIM! VOU DERRAMAR O SANGUE DE VOCÊS!

O que ele quis dizer foi "Vou dar meu sangue por vocês!". Ele se importa muito com vocês!

June me lança um olhar diferente, quase como um pedido de desculpas pelo que ela está prestes a propor.

— É hora de ouvirmos vocês, os cidadãos. Ouvirmos suas perguntas e respondermos às suas dúvidas! NA PRAÇA CENTRAL! AMANHÃ!

Evie franze a testa, de repente parecendo menos confiante. Acho que Ghazt não é bom em uma situação de perguntas e respostas. Ouvi alguns de seus discursos hoje e eles são aterrorizantes. Sempre há falas sobre esmagar parasitas indignos sob suas botas demoníacas, mas Evie rapidamente deixa de franzir o cenho e passa a projetar confiança.

— Combinado! Amanhã! Três da tarde.

— Chegaremos cedo! — June diz.

— Chegaremos mais cedo! — Evie responde.

— Então vamos chegar tarde e vai parecer que você errou a hora!

— Mas já marcamos um horário e todo mundo sabe disso — Evie fala. — Então isso não vai funcionar!

— Então vamos dizer a eles que é horário de verão e seu grande protetor se esqueceu de avisá-los sobre a reversão iminente do relógio falhando em protegê-los do constrangimento de estarem superatrasados para um evento incrível!

— Chega! — Evie ruge. — Está combinado... Três da tarde, amanhã. E meu relógio diz que seu tempo está quase acabando.

June aperta os olhos para enxergar o pulso de Evie.

— Seu relógio diz Timex.

— SIM, EU SEI DISSO! Mas você ouve o som do tique-taque do relógio? TIC, TIC, TIC. Esse é o som do seu tempo quase acabando.

June franze a testa.

— Não ouço nada. Esse é um relógio digital, ele não faz tique-taque.

É quando Quint, felizmente, afasta June dali.

— TRÊS DA TARDE. EM PONTO. ATÉ LÁ!

Isso tudo está acontecendo rápido demais e ninguém está me perguntando se eu quero ir à praça principal! Uma coisa é apertar algumas mãos/pés/dedos monstruosos, beijar alguns bebês-monstros e comer sanduíches gigantes.

Mas encarar uma praça principal? Isso é, tipo, debater. E debater é basicamente apenas uma discussão organizada. E toda vez que discuti com um monstro puramente, mal resolvi essa discussão com o Fatiador. Nenhuma palavra foi dita!

Não foi para isso que me candidatei.

Mas então eu olho para June e Dirk: June parece tão animada e determinada, ela acredita em mim; e Dirk parece tão desesperado, ele precisa que eu vença. Por ele, pelo Babão.

Eu não posso decepcioná-los.

Capítulo Doze

Na manhã seguinte, acordo, me sento na cama de trampolim e noto que tudo está em silêncio.

Eu pulo e me arrasto até um par de calças de corrida e corro pela loja para a sede da nossa campanha.

Nada da June, nada do Dirk, nada do Quint. Ah, cara, se eu dormi demais para o evento que definitivamente acontece às três da tarde, na praça central, estou em apuros.

Os únicos por ali são meus zumbis, descansando em uma barraca de acampamento. Eu os equipei completamente com armas feitas no shopping: um guarda-sol de pátio para Alfred, um bastão de guarda-chuva de alguma loja de cristais orgânicos para Esquerda e um bastão de pula-pula para Glurm. Eles não podem atacar sem meu comando, mas podem parecer intimidantes.

— Ei, pessoal — digo. — Onde está todo mundo?

Só recebo gemidos, não sei o que estava esperando, mas pergunto novamente, acenando com meu Fatiador desta vez. Em resposta, Alfred segura um papel que diz "Fui para a reunião de equipe".

— Reunião de equipe? — digo em voz alta. — Não me lembro de June agendar uma reunião de equipe. E onde mais seria senão aqui?

Coloco um moletom de candidato a prefeito aprovado por June e saio em busca de meus amigos. Estou passando pelo quiosque "Cada Coisinha que Vendemos é MAGIKA" quando...

> Adoro reuniões de equipe.

Aaaahh, reunião de equipamentos, penso. *Entendi.* Os olhos de Quint brilham quando ele me vê.

— Jack! — ele diz, sacudindo seus equipamentos. — Venha ver.

— Opa, opa — respondo. — O que você fez? Parece o varal de um ciborgue.

O cajado de conjurador recebeu um tratamento completo de Quint: foi carregado com *gadgets*, coisinhas e bugigangas. Mas Yursl deve ter feito algumas modificações também, porque uma pequena bola de basquete *Nerf* agora está pendurada em uma rede na lateral da bengala.

Quint aperta um botão e a bola de espuma começa a brilhar, banhando o rosto de Quint em um redemoinho de cores. Sorrindo, Quint entra em uma explicação dos recursos atualizados do seu cajado de conjurador.

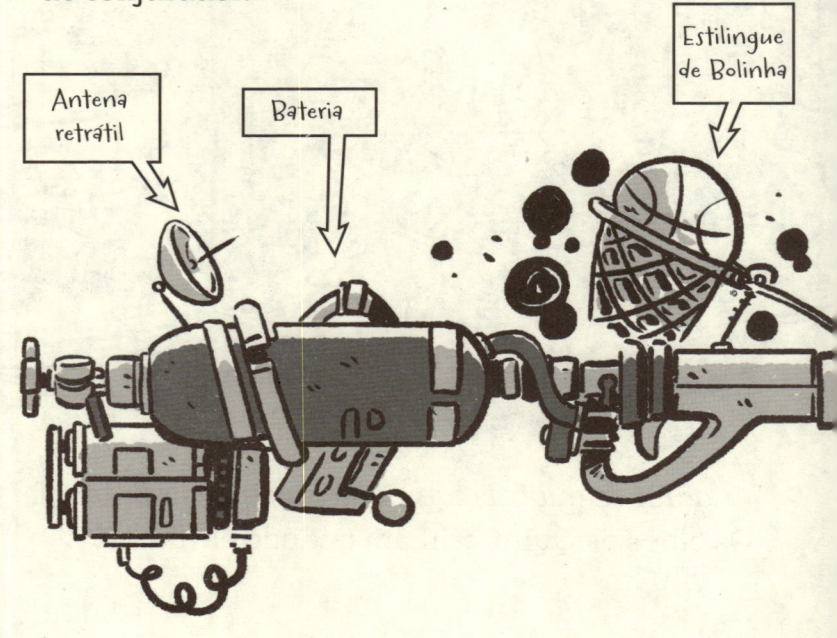

— Se você apertar este pequeno joystick — Quint explica —, a bengala pode reconhecer frequências de rádio em um raio de 160 quilômetros!

— É uma forma muito incomum de conjuração... — Yursl grasna misteriosamente.

— Bem, sim — Quint concorda. — Suponho que a ciência seja um pouco como conjurar, de certa forma.

— Um novo tipo de conjuração — ela continua. — Devemos ir com cuidado. Com a mistura errada de ciência e feitiços quem sabe o que pode acontecer? Toda a sua estrutura molecular pode ser deslocada e transportada para outro local!

Quint dá de ombros como se não fosse nada, mas posso ver que seu cérebro científico está surtando.

Tenho algumas horas até o debate e só falta um dia para a eleição, então deixo tudo de lado durante a tarde e tento me divertir com isso...

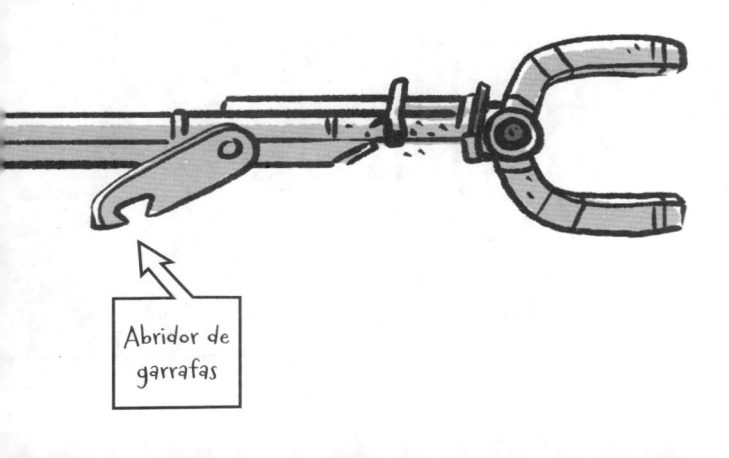

Abridor de garrafas

BONS TEMPOS DE CAMPANHA NO MAIORLUSCO!

Eu apareço na praça principal bem na hora e cumprimento a mim mesmo.

Milhares de monstros estão reunidos na área de jogos e encontros. June está esperando por mim, segurando uma roupa nova.

Rápido, cara, é hora de se arrumar. Esta é a sua roupa de prefeito: terno azul, lenço de bolso, gravata com a quantidade certa de listras e este incrível bottom do shopping.

Jack, mano, no que você se meteu?

Eu suspiro. Só quero me enrolar debaixo de um cobertor muito pesado e ler quadrinhos por cerca de vinte e sete horas. O fim do mundo está me desgastando.

— June — digo —, não tem como eu usar isso. Eles vão pensar que eu sou um bobão!

— Você é um grande bobão.

— Sim, mas não preciso anunciar isso!

Antes que June possa protestar, sigo em direção ao palco. Estou com uma sensação horrível no estômago, como se tivesse acabado de ser chamado para a frente da classe para fazer um relatório sobre um livro que esqueci de ler.

Estou muito ciente das centenas de monstros olhando para mim e procuro em volta algo para me apoiar. Sem sorte. Talvez eu deva colocar um polegar na presilha do meu cinto e meio que bater a mão? Isso é legal, certo?

De repente, uma música estrondosa irrompe ao nosso redor! Vejo Evie perto do palco, acionando um dial do som. A música é "Hit the Road, Jack" e está bombando. Os monstros enlouquecem, gritando, berrando e cantando junto!

— Ugh — eu gemo. — E eles sabem a letra!

E então...

Aaah, não, ele está de terno! Lição aprendida: ouvir a June.

Um nó se forma no meu estômago e meu coração está no meio da minha garganta. Qualquer progresso que fiz esta manhã parece perdido e o debate ainda nem começou!

Johnny Steve sobe no palco.

— Acomodem-se, cidadãos, acomodem-se. Eu sei que vocês estão animados, nós esperávamos por isso há muito tempo. Quase um dia inteiro.

> Agora, as regras deste fórum público são bem simples...

> Duas criaturas entram, uma criatura sai!

> Há, não!

Minha cabeça está girando, isso tudo é demais pra mim. É como concorrer a presidente de classe da sexta série, exceto que os deveres não são apenas fazer o orçamento da loja da escola e encher o anuário com fotos bonitas de si mesmo, os deveres são *derrotar o mal e fazer com que monstros inocentes sobrevivam*.

— Os candidatos agora vão se apresentar — Johnny Steve fala.

— GAZT PRIMEIRO! — Smud grita da plateia. — Porque ele é meu chefe!

> EU SOU GHAZT, FLAGELO DO COSMOS, GENERAL DOS MORTOS-VIVOS. TODOS DEVEM SE AJOELHAR DIANTE DE MIM. AQUELES QUE NÃO SÃO LEAIS SERÃO DESTRUÍDOS, DEVORADOS, DESMEMBRADOS E ENTÃO REMENDADOS PARA QUE TODA A DESTRUIÇÃO, DEVORAÇÃO E DESMEMBRAMENTO POSSAM COMEÇAR DE NOVO!

> Sou Jack Sullivan e tenho 13 anos. Quase 14.

June me lança um olhar que diz: FALE MAIS.

— Ah, e estou concorrendo a presidente da classe — murmuro. — Quer dizer... prefeito.

— E agora — Johnny Steve fala — os candidatos vão responder às suas perguntas.

Mas Johnny Steve se esquece de dizer que será uma de cada vez, por isso os monstros começam a nos inundar de perguntas...

ALGO SAUDÁVEL TEM QUE SIGNIFICAR QUE TEM UM GOSTO RUIM?

SE GHAZT É TÃO BOM, POR QUE ELE NÃO TEM MAIS AMIGOS?

ISSO É UM JOANETE OU UMA FERIDA?

SMUD É TÃO ENGRAÇADO QUANTO FOFO?

POR QUE ESTA DIMENSÃO CHEIRA A HAMBÚRGUERES?

SE VOCÊ PODE PARAR OS UIVANTES, VOCÊ TAMBÉM PODE PARAR OS PESADELOS HORRÍVEIS QUE ME FAZEM UIVAR ENQUANTO DURMO?

ALCAÇUZ PRETO OU VERMELHO?

Tudo isso está muito desorganizado e indisciplinado para Evie. Alguns monstros riem quando ela de repente corre para a frente do palco...

Fizemos este debate porque achamos que vocês eram responsáveis o suficiente. Mas vocês não estão agindo como cidadãos responsáveis.

Isso só faz os monstros rirem mais.

— VOU ESPERAR — ela diz. — Tenho o dia todo... Outra rodada de risos.

— Suas ações aqui hoje são uma vergonha para este shopping.

Mais uma tonelada de risadinhas.

Ghazt perde a paciência.

— VOU DEVORAR A ALMA DA PRÓXIMA CRIATURA QUE OUSAR DAR UMA RISADA! ELA SOFRERÁ TORMENTO ETERNO!

— Certo, então está na hora de encerrarmos isso! — Evie fala, olhando Ghazt nervosamente. — Pergunta final! Eu vou chamar... Smud.

— Ei! — Quint grita. — A pessoa que faz a pergunta não pode ser afiliada ao candidato!

Smud se levanta, ele está lendo a pergunta de um cartão:

— Esta pergunta é para os dois. Que tipo de experiência (se tiver alguma) você tem como general, senhor da guerra ou Entidade Cósmica? E por que essa experiência deveria nos dar confiança em sua capacidade de nos liderar?

Mas o quê? Isso é sacanagem.

Mesmo que Smud esteja fazendo uma pergunta obviamente plantada, Ghazt ainda parece querer pular e despedaçar seu capanga só porque isso tudo é ridículo para ele.

Ghazt ruge:

— Que experiência eu tenho, você está perguntando?

> EU SOU UM GENERAL CÓSMICO! MORRI AS MIL MORTES DE GNARLAX E RENASCI NAS MÃOS DE XURLOUGH, O REPUGNANTE! EU JANTO NA DESTRUIÇÃO E ME BANHO NAS LÁGRIMAS DOS MEUS INIMIGOS CAÍDOS! EU LIDEREI EXÉRCITOS DE PESADELO ATRAVÉS DE TEMPESTADES DE SANGUE!

> Hã, as mesmas coisas que ele disse, mas não sou um rato.

O público não gosta dessa resposta e não estão acreditando que eu sou um cara que se banha em lágrimas. Ghazt acha que me jogou nas cordas, porque ele volta ao ataque...

— O pequeno menino humano não é nada, eu sou um GENERAL COM PODERES. Eu posso controlar os humanos mortos-vivos! Posso controlar um exército!

Isso deixa a multidão de monstros ainda mais animada. Meu peito começa a arfar, Ghazt está mentindo na cara deles. Ele não tem mais o poder de controlar zumbis, mas os monstros estão acreditando nas mentiras.

Ghazt continua:

— E é por isso que só eu posso mantê-los seguros. Se necessário, posso controlar um exército inteiro de mortos-vivos para proteger o Maiorlusco! Eu posso fazer os mortos-vivos fazerem o que eu quiser!

A multidão explode com suspiros e sussurros mais excitados.

— Mostre pra gente! — um monstro grita.

E então outros se juntam, pedindo:

— MOSTRE PRA GENTE! MOSTRE PRA GENTE! MOSTRE PRA GENTE!

— Bem, eu mostraria — Ghazt fala. Então, parecendo muito desapontado, ele acrescenta: — Mas não há mortos-vivos aqui.

Penso no meu Fatiador. Eu poderia fazer isso, eu posso fazer isso!

Posso convocar Alfred, Esquerda e Glurm aqui e agora e mostrar a todos quem realmente têm o poder de controlar os mortos-vivos.

O momento é *grande demais para ser ignorado*, a atração pulsante da Mão Cósmica é demais para resistir.

Então estico a mão para as minhas costas.

Meus olhos se fecham enquanto meus dedos envolvem o bastão. A Mão Cósmica vibra e formiga. Sinto um *flash*, como se alguém, em algum lugar, estivesse me observando. Não é totalmente diferente de como me senti quando agarrei as trepadeiras do Blargus e me conectei ou de quando vi Thrull e ele me viu.

De repente...

GRRR-BUUUMP!
BRRR-BRRRUMMM

Tudo estremece e sacode. Meus olhos se abrem. O Maiorlusco chacoalha e balança e todos são lançados à frente de leve.

— O Maiorlusco está parando! — um monstro exclama.

— Uau! Excursão! — outro monstro grita.

Os monstros todos correm para as portas como se todos acabassem de descobrir que iríamos fazer uma excursão surpresa.

Aparentemente, o debate terminou; e para mim está tudo bem.

June, Quint, Dirk e eu seguimos os monstros. Nos corredores, nós os vemos agarrando avidamente coisas para trocar e negociar.

Subimos ao nível superior, para o campo de minigolfe perto da proa do Maiorlusco do lado de fora.

— Uau... — Quint exclama.

A vista é incrivelmente ampla...

BEM-VINDO A NEBRASKA: O ESTADO QUE NÃO É O KANSAS

Bom, não estamos mais no Kansas.

Capítulo Treze

A enorme entrada principal do shopping se abre e meus amigos e eu estamos entre os primeiros a sair. O sol está incrivelmente brilhante, ricocheteando na terra alaranjada do deserto.

Desembarcamos pela enorme e única prancha de desembarque do Maiorlusco. E como os shoppings normalmente não têm, tipo, pranchas de desembarque, esta é uma coisa larga e remendada construída com pisos lascados, metal enferrujado arrancado de carros e outros itens recuperados. Felizmente há proteção: as cordas vermelhas tiradas do cinema, que eu seguro com força.

Quando finalmente pisamos no solo quente do deserto, fico surpreso com a sensação de solidez, eu já tinha me acostumado com o movimento constante do Maiorlusco.

Eu absorvo aquela cena: uma estrada interestadual, paralela ao Maiorlusco, se estende em ambas as direções. Ao longo da estrada há carros e alguns trailers capotados e uma parada para descanso. À nossa frente estão mais veículos abandonados, alguns prédios pequenos e...

— UAU! — exclamo. — Um monstro enorme! Bem à frente!

— Relaxa — Dirk fala —, é um grande monstro de estuque.

— Outro daqueles dinossauros gigantes de mentira — Quint completa. — Igual ao que Alfred, Esquerda e Glurm posaram durante nossa viagem.

— Eu não sei quem decidiu espalhar grandes dinossauros falsos por todo o país — falo, relaxando. — Mas eu gosto do jeito que eles pensam.

De repente, dois monstrinhos aparecem na boca do dinossauro, acenando alegremente.

Os dois monstrinhos deviam estar esperando com muita ansiedade a chegada de alguém com quem negociar, pois se movimentam com uma rapidez incrível.

Uma mesa dobrável é arremessada da boca do dinossauro, seguida por uma grande mala. Então uma longa corda, feita do que parece ser cabelo de monstro, é desenrolada, e os dois monstros descem.

— Um par de Rapunzels pós-apocalípticas — June fala. — Irado.

Em um piscar de olhos, a mesa é desdobrada, a mala é desfeita e os itens estão em exibição.

— Vejam as nossas mercadorias! — um dos monstros grita.

— Todos os preços são negociáveis! — o outro acrescenta rapidamente.

— É uma venda de quintal monstruosa — Dirk comenta. — Bonitinho.

Somos empurrados para o lado enquanto dezenas de monstros saem correndo da prancha e vão em direção à mesa. Johnny Steve está entre eles, usando sua espada-bengala para navegar pelo chão rochoso.

Mas à medida que nos aproximamos, percebo que uma venda de quintal monstruosa, que parece a coisa mais incrível de todas, é, na verdade, meio chata. Dou uma olhada rápida nos objetos à venda: um micro-ondas velho, alguns talheres amassados e pilhas de livros velhos e mofados.

Estou menos interessado nesta pequena venda de beira de estrada e mais interessado em por que o Maiorlusco parou. Por que agora? Por que aqui? Não consigo imaginar que ele tenha parado porque queria comprar uma torradeira quebrada.

— Vamos descobrir o que o Maiorlusco está fazendo — digo, e nós quatro caminhamos em direção à frente da grande criatura. Andando por toda a sua extensão, noto as muitas cicatrizes, arranhões e feridas que marcam sua pele áspera.

Bem à frente, vejo um rio largo correndo perpendicular ao caminho do Maiorlusco. Uma ponte, com carros abandonados, atravessa o rio. Quando nos aproximamos da frente, o Maiorlusco solta um lamento repentino e trêmulo e então...

SMASH!

A ponte é instantaneamente demolida quando o Maiorlusco joga a cabeça para baixo, atravessando a ponte, mergulhando partes do rosto na água do rio abaixo.

A água gelada espirra em nós enquanto o monstro empurra sua cabeça mais fundo na água.

"Acho que descobrimos. É sede."

"Não sei, não. Ele não parece estar bebendo."

"Ele está só... de molho."

"Talvez esteja com dor de cabeça?"

Por um décimo de segundo, penso ter ouvido o uivo de um Uivante. Mas o som é muito fraco, abafado, e percebo que deve ser alguma outra coisa.

Talvez mais mercadores? Vindo ao longe?

Eu olho de volta para a pequena venda de garagem. Os dois monstros estão fazendo as malas às pressas. Eles saem mais rápido do que chegaram e, em um piscar de olhos, a mesa está dobrada, a mala está na mão e eles estão rapidamente se içando de volta para a boca do dinossauro.

Isso não deve ser nada bom, imagino. *O que eles sabem que nós não sabemos?*

Então ouço o som novamente, parece com uma enorme criatura correndo. O barulho vem logo depois da parada de descanso.

Uma sensação de vibração enche meu estômago.

— Pessoal, acho que devemos voltar a bordo do...

BUUM!

Um bolsão de terra próximo de nós entra em erupção, enchendo instantaneamente o ar com nuvens de sujeira e poeira. São tão grossas que, por um momento, não consigo ver mais do que alguns metros à minha frente. Gritos irrompem atrás de nós, mas não consigo ver tão longe.

— Isso foi uma bomba! — June grita, cambaleando para trás. Nós todos nos amontoamos, girando, procurando.

— Não vejo nenhum monstro voador lançando bombas — Dirk fala, olhando para o céu. — De onde veio?

Então eu vejo uma monstruosidade subindo e destruindo a parada de descanso. A construção racha e cede sob o peso do monstro.

Percebo que já vi esse monstro antes... ou um parecido. Um primo ou algo assim. O Escorpião-Pá: nós o encontramos semanas antes, durante nossa viagem, quando paramos na Maior Coleção das Menores Coisas do Mundo...

Mas este monstro aqui é como uma versão atualizada, como se fosse a mesma espécie, mas com *status* de chefe.

Gritos aterrorizados de pulmões desumanos enchem o ar. Eu olho para trás e vejo alguns monstros correndo de volta para a prancha. Outros se escondem atrás de picapes ou correm para as mesas de piquenique. Alguns parecem paralisados pela incerteza e não fazem nada, porque temem que qualquer movimento que façam em seguida possa ser o errado.

Uma sombra bloqueia o sol por uma fração de segundo... seguido por outra explosão!

Desta vez, percebo por que as bombas estão chovendo sobre nós, mesmo que não haja monstros circulando no céu acima.

— Olhem — grito. — As bombas estão sendo disparadas daquele lançador carnudo nas costas do monstro!

— Como projéteis de morteiro — Dirk fala.

A próxima explosão acontece perto de nós. Um trailer vira no ar. Nuvens de sujeira e pedaços de solo arenoso irrompem abaixo dele.

A fumaça e os detritos se dissipam e eu vejo o monstro inteiro...

Monstro-Morteiro

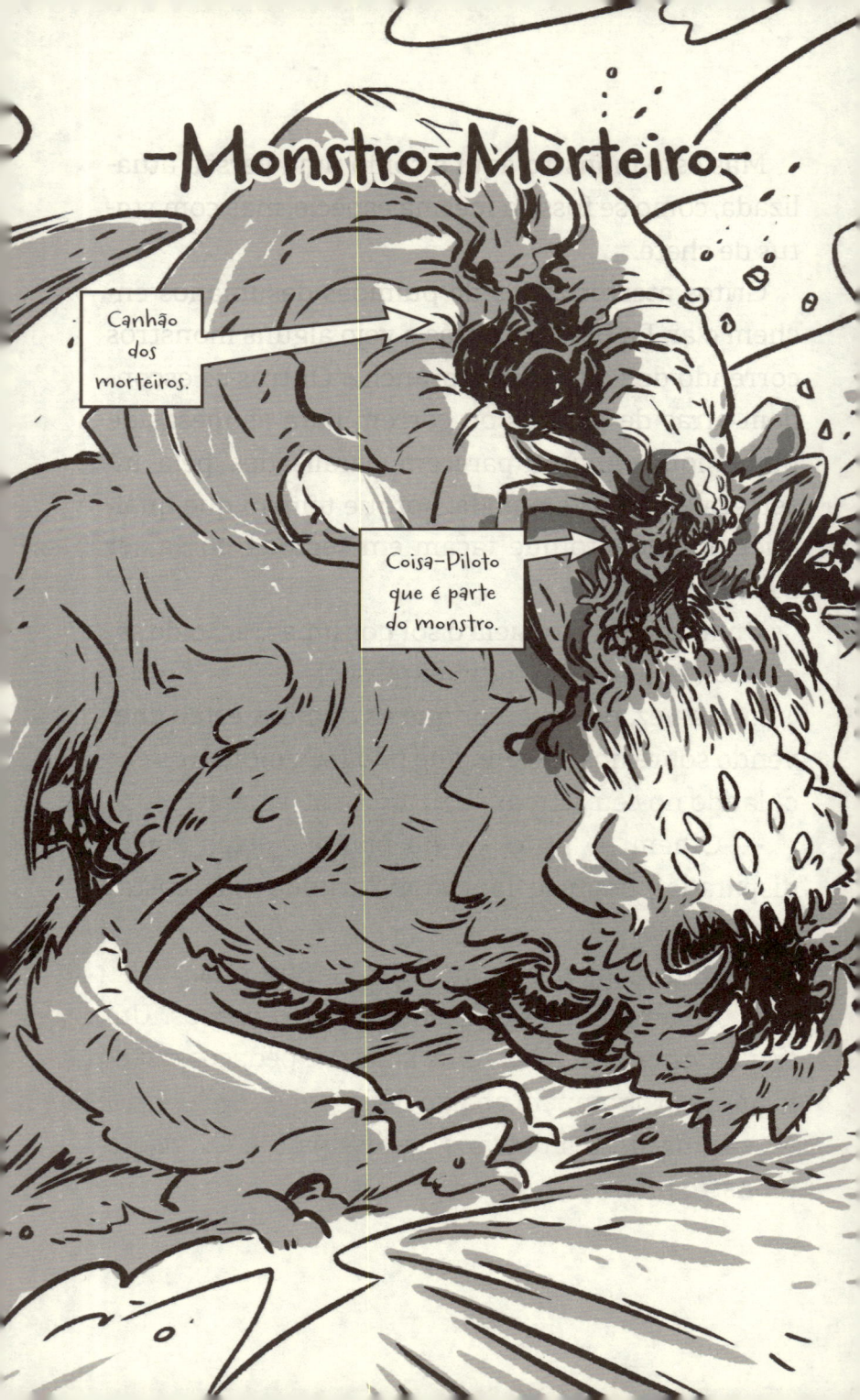

Canhão dos morteiros.

Coisa-Piloto que é parte do monstro.

"Total desrespeito pela arquitetura local."

— Tem, tipo, um piloto! — Quint diz, apontando. — Mas é apenas um torso, preso às costas do monstro! Eu nunca vi nada assim antes.

— E esse não é o tipo de bombas que simplesmente fazem BUUM — June explica. — São coisas totalmente diferentes. Olhem...

Eu olho para o trailer capotado. Algo embaixo dele está empurrando o veículo para o lado, levantando-o do chão. E o que vejo abaixo, na cratera deixada pela bomba, faz meu sangue gelar...

Capítulo Catorze

Uma dúzia de braços e mãos esqueléticos empurram o trailer para cima e, finalmente, jogam-no para o lado! Instantaneamente, um enxame de figuras ósseas rasteja para fora da cratera.

Perto, vejo ossos dispersos e desconectados. Eles chacoalham, estremecem e então também começam a subir.

— Soldados esqueletos de Thrull — falo.

— São as bombas! — Quint comenta. — Cada uma é uma esfera bem embrulhada de ossos e trepadeiras.

— E quando a bomba explode — Dirk continua —, os ossos se espalham.

— E os ossos espalhados se juntam, formando soldados esqueletos — June conclui.

— Então... são bombas de ossos, certo? — digo. — Podemos chamá-las de bombas de ossos?

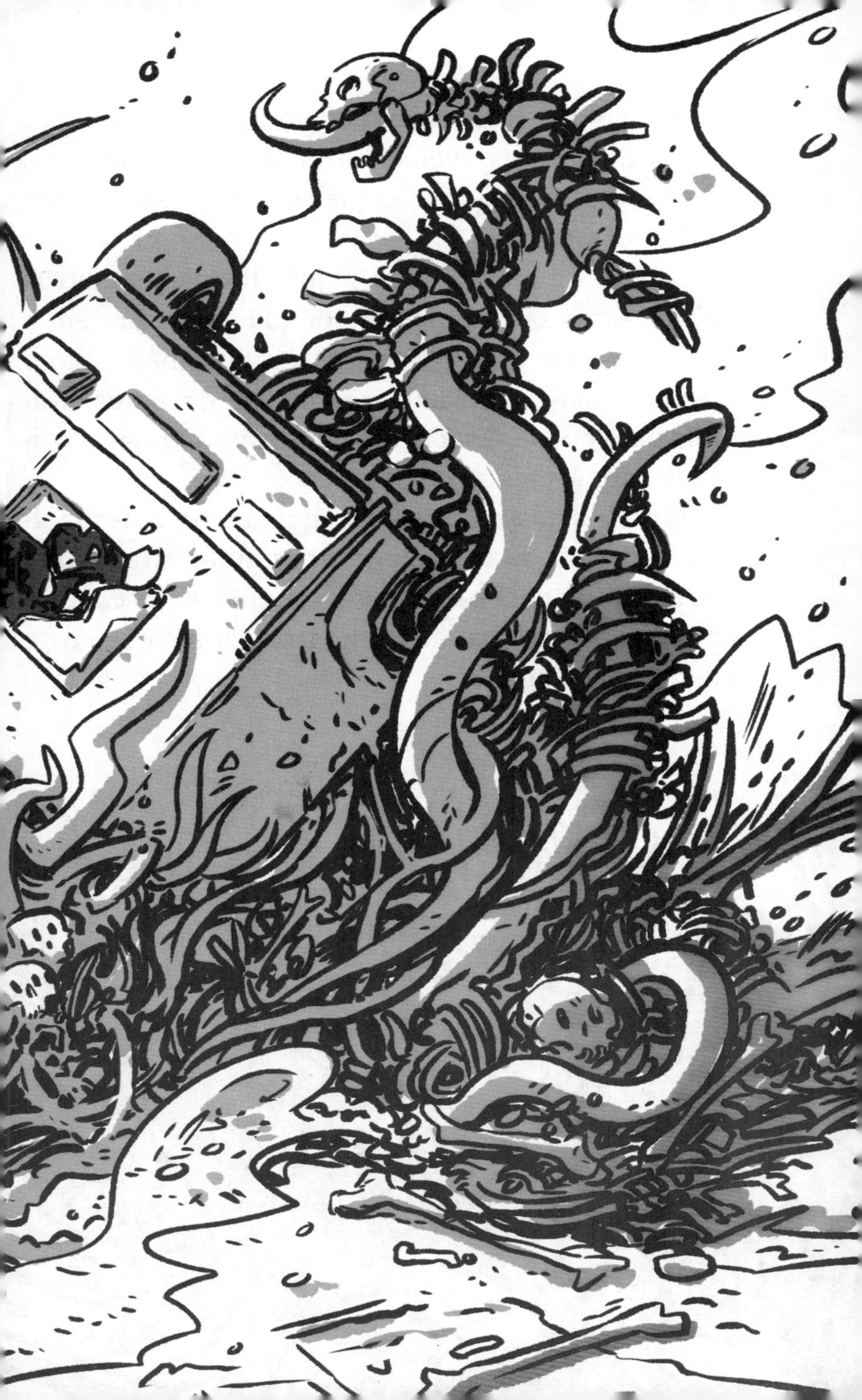

As trepadeiras procuram outras trepadeiras. Eles estalam, envolvendo os ossos e conectando-os, formando esqueletos. Esqueletos que estão agora em movimento...

Alguns se erguem totalmente formados; outros ainda estão se recompondo enquanto se dirigem a nós. Eles são monstruosidades malformadas, com pernas onde os braços deveriam estar, crânios virados para o lado errado, medulas espinhais se arrastando como caudas de pesadelo.

E para o nosso azar, essas monstruosidades malformadas ainda conseguem empunhar armas. Um, gira um machado com uma lâmina de escala de monstro. Outro, balança um taco de osso coberto de dentes pontiagudos.

— Ah, caramba! — uma voz grita.

É Johnny Steve, escondido atrás da base do dinossauro. Alguns outros monstros se juntam a ele, mas essa cobertura não os manterá seguros por muito tempo.

Mais Monstros-Morteiro aparecem, todos se aproximando do Maiorlusco. Bombas de ossos continuam a explodir, espalhando ossos e trepadeiras e formando novos esqueletos. Ao longo de toda a extensão do Maiorlusco, as monstruosidades estão surgindo e marchando.

— Temos que voltar para dentro! — June grita.

— O inimigo está bloqueando nosso único caminho — Quint responde, apontando para os esqueletos subindo sobre o trailer.

— Então nós passamos por cima deles — June diz.

Dirk sorri.

— Esse é o meu tipo de plano.

E com isso, avançamos, correndo em direção à multidão monstruosa! Eu balanço e ataco com meu Fatiador descontroladamente, ouvindo *crack* após *crack* soar quando o taco de beisebol encontra os ossos. Um braço longo e rastejante, saindo do lugar onde a cabeça do esqueleto deveria estar, é cortado.

Mas ao nosso redor, as figuras ossudas rugem, se torcendo e se fundindo e crescendo mais alto para nos envolver em uma briga caótica...

O único jeito de acabar com esses caras é com o Babão. E não temos ele!
Valeu por me lembrar!
Valeu mesmo!

Conseguimos dividir a horda de esqueletos em dois grupos, o que nos permite lutar e escapar pelo meio deles. Eu sinto uma brisa afiada quando um golpe do machado quase me acerta, e então...

— Vejo vocês por aí! — June grita enquanto avançamos, deixando os esqueletos comendo poeira.

— Mas há más notícias pela frente, amigos — Quint fala, apontando para o dinossauro de estuque.

Um grupo de esqueletos foi até lá, cercando Johnny Steve e um grupo de monstros da Cidade Maiorlusco. Johnny Steve sacode sua espada-bengala para os esqueletos, mantendo-os afastados. Os monstros se movimentam para a frente e para trás ao longo da cauda do dinossauro, se abaixando para se proteger quando um esqueleto ataca, depois pulando por cima dela à medida que mais inimigos se aproximam.

— Leve-os de volta ao Maiorlusco! — grito para Johnny Steve. — Vá agora! Vocês têm uma abertura...

BUUM!

A bomba de osso explode no espaço aberto entre a prancha de embarque e o dinossauro.

As monstruosidades esqueléticas se montando cortaram o único caminho de volta ao Maiorlusco. Gritos aterrorizados enchem o ar quando nossos amigos monstros percebem que estão presos...

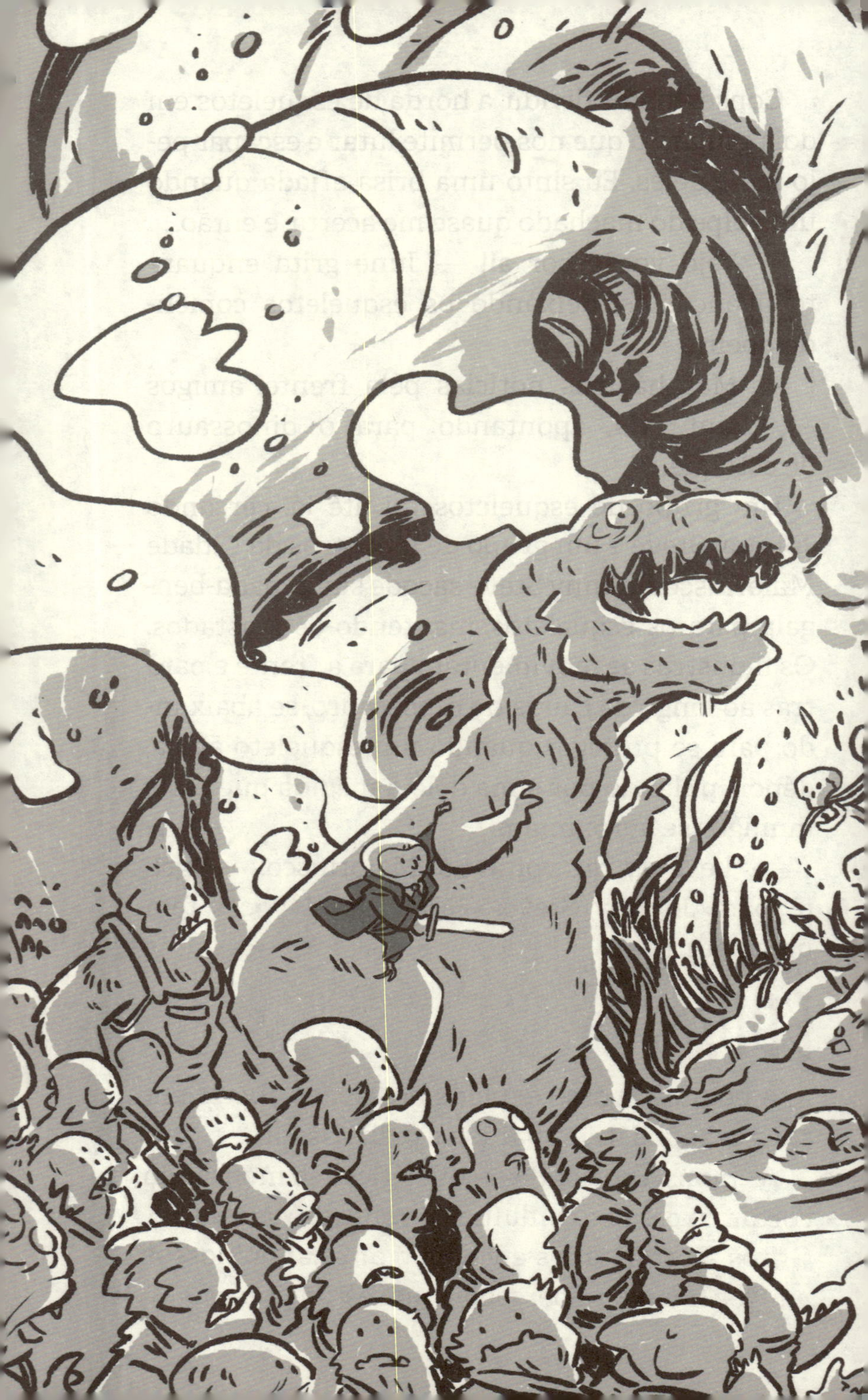

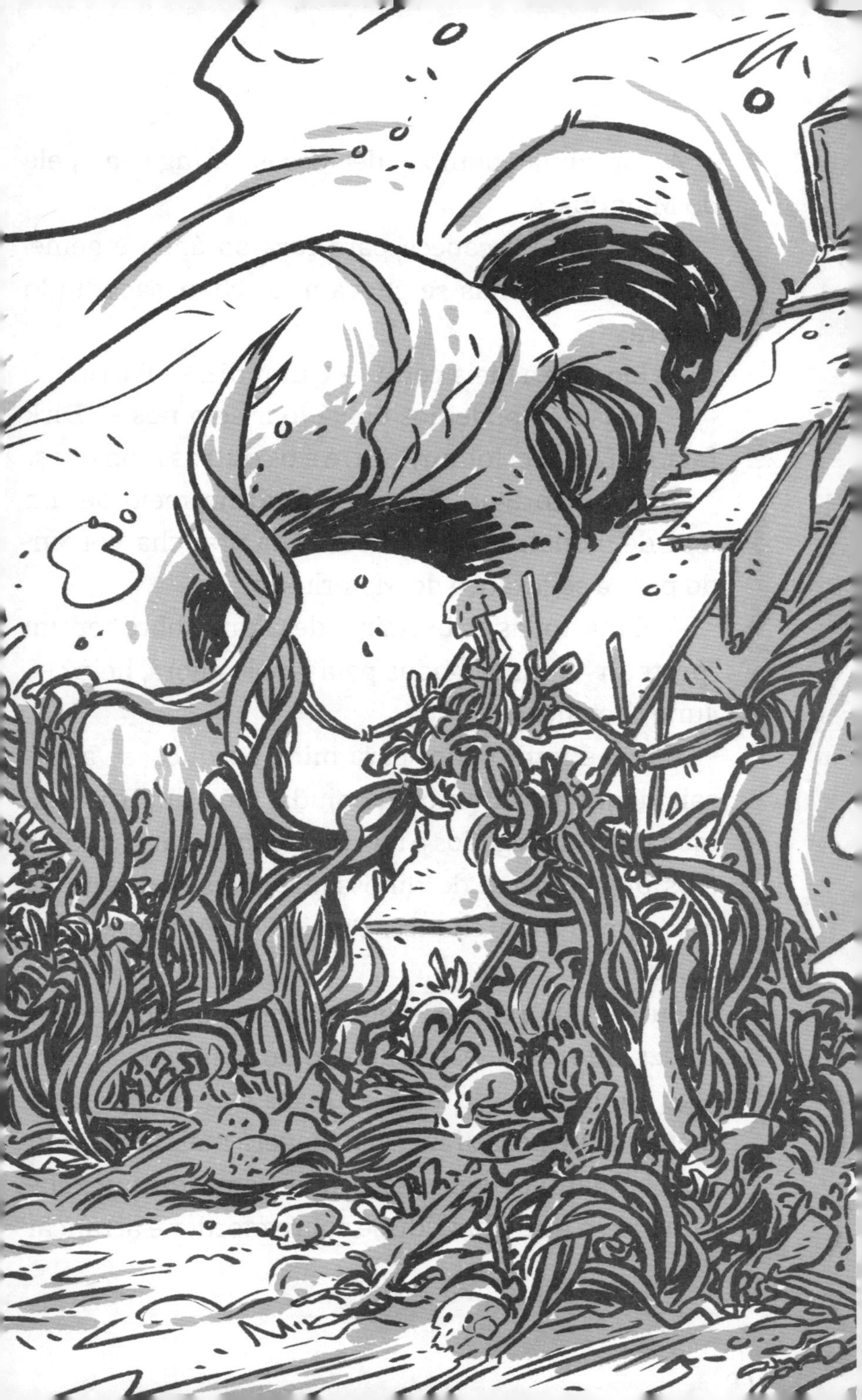

A próxima bomba de ossos atinge a pele do Maiorlusco.

Ele levanta a cabeça para fora da água e geme. Então suas pernas se chocam no chão, sacudindo a terra.

— Ele teve a ideia certa — Quint diz. — Partir.

— Mas não podemos deixá-lo ir sem nós — Dirk fala. — E sem o Johnny Steve e os outros monstros.

Eu localizo Evie, Ghazt e Smud no meio de um mar de monstros, já na metade da prancha, correndo para a segurança do Maiorlusco.

— Olha, todas as besteiras de Ghazt sobre ser um "protetor" foram jogadas pela janela agora, hein? — June comenta.

E isso é muito bom para mim, porque, se vamos sair daqui, precisamos de ajuda. Nós quatro estamos sobrecarregados e não há como salvar os monstros presos perto do dinossauro. Mas com sete de nós, temos uma chance. Preciso de Alfred, Glurm e Esquerda.

Eu sei que revelar meus poderes, os *poderes de Ghazt*, que agora estão dentro do meu bastão, será algo ruim. Quando Evie e Ghazt souberem exatamente o que posso fazer, não haverá mais discussão, nem barganha. Além disso, eu me lembro, muito claramente, o que Ghazt disse sobre morder e arrancar braços, mas chamar meus zumbis é a única chance que tenho de garantir a segurança dos monstros do shopping. Talvez eu tenha sorte e Ghazt não veja. É um risco que tenho que correr.

— Trio de zumbis radicais! — chamo, enquanto olho para o shopping. — Eu preciso de vocês!

E então balanço o Fatiador.

Momentos depois, Alfred, Glurm e Esquerda aparecem em uma das áreas de jantar ao ar livre do shopping.

— Venha lutar com seus movimentos zumbis radicais! — grito e balanço o Fatiador novamente. Meu esquadrão de zumbis salta para o lado, depois desliza pela pele do Maiorlusco até o chão.

— LUTEM! — eu grito, balançando de novo, e eles partem para a briga na parte inferior da prancha, empunhando suas armas construídas no shopping. Alfred usa seu guarda-sol como uma lança. O bastão de guarda-chuva de Esquerda agora é um aríete. Glurm empunha seu pula-pula como uma britadeira.

Estragaram a venda de garagem! E eu não tinha acabado!

O chão treme novamente, o Maiorlusco está se preparando para partir. Quase todos os monstros estão de volta a bordo em segurança, observando das janelas e terraços.

Mas Johnny Steve e uma dúzia de outros ainda não estão lá.

— ¥æżżőð ßüçå.

Ah, não...

Um Monstro-Morteiro está perto, subindo em um trailer capotado. A Coisa-Piloto levanta a mão, aponta para a prancha de embarque e dá uma ordem: "¥æżżőð ßüçå flğġđě".

Vejo o lançador do Monstro-Morteiro inchar e se expandir, preparando-se para disparar.

— Johnny Steve e os monstros não vão chegar à prancha a tempo — June fala.

— Alfred, Esquerda, Glurm, ataquem aquela Lagosta grande! — grito, dando o comando enquanto balanço o Fatiador.

Os zumbis atacam! Eles sobem no trailer e se jogam em cima do monstro assim que ele dispara...

PFHWOOMP!

A bomba é lançada descontroladamente e acaba indo para trás. Meus zumbis são detonados, mas eles rapidamente se levantam e estão bem.

— Conseguimos! — Johnny Steve grita enquanto ele e o último dos monstros do shopping correm em segurança pela prancha.

O chão treme novamente e terra e concreto se movimentam. O Maiorlusco está começando a se mover.

— Precisamos voltar lá pra dentro! — Dirk grita.

— Alfred, Esquerda, Glurm, subam pela lateral! — eu comando.

Com um movimento do Fatiador, eles estão de volta ao Maiorlusco, subindo pelo lado dele.

Uma última bomba de ossos explode atrás de nós, nos lançando a jato para a frente enquanto corremos em direção ao Maiorlusco em aceleração. Saltamos, nos agarrando à prancha de desembarque no momento em que o fundo se desprende e fica girando no chão.

OOOOOOOOOOOOOOOOM!

O Maiorlusco está se movendo rapidamente, rasgando o terreno, passando por shoppings na beira da estrada. Os Monstros-Morteiros continuam lançando bombas de ossos, mas elas não nos alcançam. O Maiorlusco sacode e balança como um veleiro em águas agitadas. O vento sopra sobre mim quando olho para trás, os Monstros-Morteiros agora são apenas pequenas formas a distância. Em apenas alguns minutos, o Maiorlusco colocou quilômetros de distância entre nós e o inimigo.

A prancha está lentamente sendo içada para cima e para dentro. Nós agarramos a corda com força, fazendo com que sejamos puxados para cima.

— Jack, se você ganhar esta eleição — Dirk resmunga enquanto subimos —, a primeira nova regra será: nada de paradas não planejadas.

Antes que eu possa responder, uma voz diz:
— *VOCÊ!*

Nós congelamos.

Ghazt aparece na entrada do shopping. Evie está ao lado dele. Smud está atrás, tentando e falhando em espiar por cima da enorme estrutura de Ghazt. Dou uma olhada em seus rostos e sei exatamente o que aconteceu.

Ghazt me viu usando meus poderes.

Os poderes *dele*.

Há um súbito lampejo de pelos e então Ghazt está pulando, a boca curvada para trás e as presas amarelas bestiais estalando. Estou prestes a gritar, eu quero gritar, mas não tenho tempo...

Capítulo Quinze

VOCÊ ESTÁ COM MEUS PODERES!

Ghazt voa por cima dos meus amigos e suas patas me dão um soco no peito. Caio na prancha de desembarque com as mãos raspando na grade de metal, mal me segurando.

Ghazt se aproxima de mim.

— Você acreditaria se eu dissesse que não sei do que você está falando? — eu tento.

— Meu poder está dentro do seu bastão — ele afirma. — O poder é MEU por direito.

Nunca vi Ghazt tão animalesco e monstruosamente ameaçador. Saliva espirra de seus dentes afiados em cada rosnado. Seus bigodes estão rígidos e pontudos como navalhas.

— E vou tê-lo de volta! — Ghazt ruge.

Suponho que agora é o momento em que meu braço será arrancado. A boca de Ghazt se abre incrivelmente e ele ataca! E eu não tenho escolha a não ser desembainhar o Fatiador. Estou tirando a lâmina da bainha e a levantando no mesmo instante em que Ghazt está tentando me morder, e então...

Sinto dor, mas não é por causa de suas presas afiadas... é um choque elétrico que reverbera através da lâmina, através da Mão Cósmica e por todo o meu corpo.

Há um som, como um relâmpago, dividindo um grande carvalho, e tão rapidamente quanto as mandíbulas de Ghazt caíram sobre mim, elas se abrem novamente. Ghazt é levantado do chão e arremessado para trás...

REEARGH!!

PFHWOOOOOOOOM!

Ghazt bate e cai no chão da prancha, parando bem perto dos meus amigos.

Eu suspiro. *O Fatiador e a Mão Cósmica, juntos, eles o rejeitaram.*

A cabeça de Ghazt balança bruscamente e ele se levanta, cambaleante. Seus olhos piscam, confusos, então se estreitam quando ele olha primeiro para o bastão e depois para a Mão Cósmica.

— Essa coisa... — ele rosna. — É mais estranha e mais misteriosa do que eu imaginava.

Pois é, penso. *Estou começando a perceber isso também.*

— Sabe, essa talvez seja uma discussão que é melhor termos lá dentro — digo, lançando um rápido olhar para o lado. O chão passa correndo, quase quinze metros abaixo. — Em vez de aqui, onde, você sabe, cair é uma possibilidade muito real.

O rosto de Ghazt se contorce em uma máscara de frustração resignada enquanto ele olha para o bastão e para a Mão Cósmica.

— Eu não posso recuperá-lo. O poder que você roubou de mim. EU... não posso pegar de volta.

Ele dá um passo à frente e as palavras que se seguem me arrepiam até os ossos:

— Mas eu ainda posso tirar a sua vida...

Nesse momento, meus amigos se metem na briga e vêm em meu auxílio!

— Mostrem mais respeito ao Grande Protetor — Evie grita quando também entra na briga. Ela pula nas costas de Dirk, arranhando o meu amigo e tentando tirá-lo de cima de Ghazt.

— *REAAAARGH!*

Ghazt entra em modo de ataque especial, um rodopiante diabo da Tasmânia! Dirk, Quint e June são arremessados de seu corpo e jogados de volta pela prancha de embarque.

E Evie é arremessada em mim.

O ar explode dos meus pulmões quando ela atinge meu peito em cheio. Então nós dois rolamos, fora de controle, até a ponta da prancha de desembarque. Um giro e minhas costas batem no metal. E o cotovelo de Evie me acerta com força nas costelas. Uma última virada e desta vez não atingimos nada além de ar...

Capítulo Dezesseis

Estou coberto da cabeça aos pés de terra e fuligem e sinto dor no corpo todo. Eu pressiono minha mão contra o chão. Seixos empurram minha palma nua enquanto me sento lentamente, sacudindo a confusão da minha cabeça.

O que acabou de acontecer?

Ah, sim. Ghazt, prancha de desembarque, luta, queda.

A distância, o Maiorlusco está se afastando, deixando uma fenda cheia de destruição em seu rastro. Toda a terra e fuligem me fazem sentir como se tivesse caído em algum tipo de cidade do Velho Oeste. Dirk ficaria louco se visse.

Mas Dirk não está aqui. Nenhum dos meus amigos está aqui. Meus amigos ainda estão a bordo.

Há apenas uma pessoa aqui comigo...

Se eu tiver que ficar preso no deserto selvagem, Evie é a última pessoa com quem eu escolheria estar. Mas, imagina, a última pessoa ainda é melhor do que ninguém.

Eu me levanto, lentamente no início, mas rapidamente quando Evie se levanta, me atacando com sua arma...

— Ah, pelo amor — eu grito, puxando o Fatiador enquanto pulo para trás, desviando do golpe.

— Você roubou os poderes de Ghazt! — Evie ruge. — E nos fez ficar presos aqui no meio do nada! Tudo estava indo bem no Maiorlusco até você e seus amigos aparecerem!

— Ei, falando sério — digo —, podemos dar um passo atrás por um momento?

Evie está respirando com dificuldade, pronta para continuar atacando, mas eu abaixo o Fatiador um pouco.

> Olha, não vamos brigar, tá? Certeza de que nós dois queremos a mesma coisa.

> É mesmo? Você também quer nocautear um moleque chato chamado Jack Sullivan?

— Levantei a bola pra você chutar — falo com um suspiro frustrado. — Quis dizer voltar ao Maiorlusco. Meus amigos ainda estão lá.

O nariz de Evie se enruga com a palavra "amigos" e posso dizer que atingi um ponto sensível.

— Hã, sim, claro, eu também — ela cospe as palavras. — Eu tenho um General Cósmico para quem voltar! E tem também o Smud, que é um amigo próximo. E caso você tenha esquecido, tenho um shopping inteiro cheio de monstros para governar. Quero dizer... proteger. Sim, proteger. Ajudar a proteger. Com o Ghazt.

Eu reviro os olhos. Mesmo depois de sobreviver a uma queda quase fatal de um monstro gigantesco, tudo que ela consegue pensar é em governar. Em poder.

E é essa sede de poder que nos colocou nessa confusão.

Viro as costas para Evie e começo a andar pelo caminho esculpido pelo Maiorlusco. Eu não preciso dela. Tenho meu Fatiador, o ar em meus pulmões e o sangue em minhas veias. Vou ficar bem.

Leva uma hora apenas para sair da fenda que o Maiorlusco fez. O sol está começando a se pôr quando chego ao pico estreito. É como um cume de montanha irregular construído a partir de escombros suburbanos.

É quando ouço os passos de Evie atrás de mim...

Meus ouvidos supõem que ela está alguns passos atrás de mim. Embora, na verdade, não tenha ideia de quão grande seja um passo. É maior que um clique? Definitivamente menor do que um quilômetro.

Eu não quero olhar para trás, não quero dar a ela essa satisfação.

Mas é uma caminhada traiçoeira e precária e com o som de cada passo trêmulo, cada passo estranho, não posso deixar de me virar, esperando encontrar Evie no meio de um ataque. Prestes a me empurrar, me bater, fazer *alguma coisa* comigo.

E cada vez que eu me viro, Evie para, enrijece e se prepara para a batalha. Continuamos assim por quase uma hora, até que...

> Chega! Meus nervos estão em frangalhos, tá? Pare de agir como se fosse me atacar a qualquer momento.

> Eu? E você?

— O que *tem eu*? — pergunto de volta.

— Você fica virando como se fosse me jogar pra fora da estrada!

— Só porque você está sempre quase me atacando!

— Porque você fica virando pra mim!

Eu suspiro.

— É o dilema do ovo e da galinha.

— Quem você está chamando de galinha?

— Opa, não, não. Vem, não vamos entrar nesse jogo — respondo.

Isso a atinge em cheio. Depois de um longo momento, um sorriso aparece em seu rosto.

— Olha só — falo com um suspiro cansado. — Nunca voltaremos ao Maiorlusco desse jeito. Que tal uma trégua temporária?

— Quão temporária é esta trégua? — ela pergunta.

— Não sei — falo dando de ombros. — Mais do que um momento, menos do que uma vida.

— E as lutas? — ela pergunta.

— Ficam pausadas.

— E o fato de sermos inimigos?

— Continuamos inimigos — respondo —, mas pausamos as atividades de sermos inimigos.

Evie torce o nariz, depois bate o dedo no queixo. Eu gemo.

— Não posso acreditar que tenho que ser o adulto quando você é a adulta de verdade aqui.

— Tudo bem — ela diz. — Nós seremos civilizados, mas você tem algumas explicações a me dar. É hora de colocar todas as suas cartas na mesa... até os curingas e aquelas de instrução.

— Tudo bem — respondo.

Ela vai direto ao ponto.

— A maneira como você controlou aqueles zumbis com seu taco de beisebol bobo foi muito maior, muito maior, do que você controlou na pista de boliche...

AGARRO DE ZUMBI!

— Em primeiro lugar, é *Fatiador* — falo. — Se chama Fatiador.

— *Fatiador* — ela repete. — E agora contém *todos* os poderes do Ghazt. COMO?

Eu gostaria que Quint estivesse aqui. Então poderíamos fazer aquela coisa de olhar de melhores amigos de novo e ele me ajudaria a saber o que devo dizer. Mas talvez, talvez, se eu pensar bastante...

Olhar de melhor amigo imaginário*

OLHAR DO QUINT IMAGINÁRIO: Jack, você consegue. Evie já viu o poder do Fatiador. Não há necessidade de esconder informação agora.

*OLHAR DO JACK: Obrigado, Quint imaginário. Espero que as coisas estejam indo bem a bordo do Maiorlusco e que Ghazt não tenha comido você.

— Certo, Evie, eu vou te contar — digo. — Mas é melhor você também me contar seus segredos depois.

Evie solta um bufo sarcástico, mas faz que sim com a cabeça.

Então eu conto a ela o que aconteceu, quando Thrull me perseguiu...

Thrull me agarrou com seu braço fundido com cauda de Ghazt.

A cauda se fundiu com o tentáculo de monstro na minha mão, resultando em uma explosão de energia e se transformou na Mão Cósmica...

O poder saiu da Mão Cósmica e entrou no Fatiador.

Mas isso não tirou todo o poder do Thrull... eu controlo os mortos-vivos, mas ele controla outra coisa...

— E, agora — digo, erguendo a Mão Cósmica —, esta coisa é uma luva permanente. É a única maneira de eu conseguir manejar o Fatiador. Sem isso, não consigo controlar os zumbis. E também...

Eu paro. Decido não mencionar como isso meio que tocou o Thrull e como eu tive uma visão dele e o vi na Torre. Não menciono o que senti quando agarrei o Uivante, como a Mão Cósmica me permitiu espiar por trás da cortina, ver, sentir e perceber o mal.

— ... e, é isso — eu finalmente digo. — Sim. É isso.

Evie se inclina para a frente. Não tenho certeza se ela está intrigada, animada ou irritada.

— O que você quis dizer com "ele controla outra coisa"?

Descobrimos que ele pode controlar os que já estão realmente mortos: os esqueletos.

Isso não é bom.

Evie se aproxima.

— Então está me dizendo que agora você controla os zumbis e Thrull é um legítimo necromante que lidera um exército de esqueletos?

— Essa é basicamente a essência do que está acontecendo — digo com um encolher de ombros. — Agora é você — digo. — Sua vez de me contar. O que você e Ghazt estão realmente procurando?

Evie inclina a cabeça, parecendo insegura, mas, finalmente, ela começa a falar:

— Meses atrás, Ghazt e eu partimos em busca do Thrull e da Torre. Embarcamos no Maiorlusco, esperando que isso nos aproximasse da Torre. Mas não aconteceu. E isso deixou Ghazt... com medo.

— Hã? — pergunto. — Com medo?

— Com medo de que Thrull realmente termine a Torre — Evie continua. — Porque se Ṛeżżőcħ vier, ele matará Ghazt por não construir e completar a Torre ele mesmo.

— Então é isso? Ghazt está se escondendo no Maiorlusco e comandando um bando de monstros mais fracos? — pergunto. — Porque ele está apavorado demais para fazer alguma coisa?

Evie balança a cabeça e sorri cruelmente.

— Oh, não. Veja, isso era antes. Antes do que acabou de acontecer. Antes de Ghazt saber que você está com o poder dele e que ele nunca será capaz de recuperá-lo. Então, agora, Jack...

Suspeito que Ghazt só queira roubar o poder de controlar esqueletos de Thrull para então...

Matar você. Assim Ghazt seria o ser mais poderoso daqui.

Que ótimo.

Capítulo Dezessete

Seguimos o caminho de destruição do Maiorlusco em silêncio.

Mas não é silencioso o *suficiente*, porque a cada poucos segundos eu ouço bipes, que estão vindo de Evie ou, mais especificamente, do Game Boy da Evie.

Caminhamos ao longo do cume, bem acima do enorme desfiladeiro deixado no rastro do Maiorlusco, e tento ignorar os sons, mas não consigo. Ela está jogando *Dark Arts Tower Defense* e a música é a mais irritante.

Eu tento abafar os bipes com meu próprio barulho, começo a assobiar, e eu nem sou bom em assobiar. E se tivesse alguma dúvida de que Evie estava me irritando sem querer, fica claro que ela está fazendo isso de propósito, porque quanto mais alto eu tento assobiar, mais ela aumenta o volume do seu Game Boy.

Acho que estou perdendo a cabeça.

— VOCÊ VAI DESLIGAR ISSO! — eu finalmente grito.

— Não — ela responde sem rodeios, ainda apertando os botões. — Andar é uma droga e preciso de algo para me distrair.

— Então, pelo menos, jogue com o som baixo!

Eu não posso acreditar. Pareço um pai em uma longa viagem de carro. Foi isso que Evie fez comigo.

— O som me ajuda — ela completa.

Eu solto um grunhido.

— Te ajuda? Você precisa de ajuda para terminar o *Dark Arts Tower Defense*?

Em resposta, ela apenas bate o console contra a mão.

— Esse chefe estúpido! Ele é impossível.

— Me dá aqui. — Paro de andar e estendo a mão. — Eu derrotei o chefão mais vezes do que posso me lembrar!

— Espere um segundo — Evie pede, desviando o olhar do jogo.

— Falando sério — digo —, só pra cá que eu cuido disso.

— Sério mesmo — ela fala —, tem algo ali na frente...

Evie concorda com a cabeça.

— O pior cheiro.

— Finalmente algo em que concordamos.

— Às vezes, quando Ghazt não está olhando, eu uso *Bom Ar* — Evie fala.

Eu começo a rir. Nós dois rimos. Então fica estranho e eu fico quieto.

O cheiro vem de dentro desta estação de trem ou do cemitério de vagões de trem espalhados. Já era uma massa de destroços, o caminho cortado pelo Maiorlusco apenas o destruiu mais.

— Pátio de Trens Travessia da Viúva — leio. — Não soa nada como um mau presságio, hein? Provavelmente é só...

Sccccritch. Sccccritch.

O barulho de algo sendo arranhado me cala. Atravessamos a estação, seguindo o odor fétido e o barulho estranho. Passando por uma máquina de bilhetes revirada, o cheiro do mal me atinge com tanta força que eu me engasgo.

Nenhum de nós está preparado para coisa monstruosa e mutilada nos trilhos do trem.

SCRITCH, SCRITCH...

— É um dos Monstros-Morteiros — sussurro. — Da parada de descanso lá atrás.

Uma garra ferida está arranhando o chão, fazendo o som de unhas arranhando a lousa. Parece estar no fim da vida, o que significa que já está morrendo faz tempo, pois parece ter muitas vidas.

De perto, fica ainda mais claro que o Monstro-Morteiro e a Coisa-Piloto são uma única entidade, conjunta. O que acontece com um, acontece com o outro, eles sentem a mesma dor e estão se sentindo muito mal agora...

— Deve ter grudado debaixo do Maiorlusco durante a fuga — digo suavemente — e sido arrastado por quilômetros antes de ser cuspido aqui.

— Atropelado pelo Maiorlusco — Evie diz com um encolher de ombros.

Scee-Sceee-Sceriiiiitch.

Observo a garra da mão da Coisa-Piloto arranhando o chão. Ele está tentando dizer alguma coisa, mas sua voz está toda gorgolejante e molhada.

- ME⇒CQ-£¥$ZZK...

A Coisa-Piloto chia e levanta a cabeça. Sigo seus olhos enevoados e de pálpebras pesadas e percebo que está observando o Fatiador.

— Desculpe, amigo — digo, colocando uma mão protetora em volta do meu Fatiador. — Isso não é para você.

A boca cavernosa da Coisa-Piloto se contorce em um sorriso estranho e astuto. Ele fala e sua voz é como algo tirado de pesadelos, é a voz que ressoa debaixo da cama depois que as luzes se apagam.

A Coisa-Piloto continua sibilando.

- SSSSIM. ALCANCEM O MÆLÛSQÇÂŁ. ESPERO QUE CONSIGAM. ESPERAMOS QUE SIM.

— O que essa coisa está querendo dizer? — Evie pergunta.

Não tenho certeza, mas há uma parte de mim que precisa saber; uma parte de mim que não vai embora sem ouvir o que a criatura tem a dizer.

- VOCÊS ACHAM QUE ESTÃO SEGUROS A BORDO DA CRIATURA, SIMMMMM? — a Coisa-Piloto geme de dor. — VOCÊS ESTÃO GRAVEMENTE ERRADOS. A CRIATURA FOI... COMPROMETIDA. SIM. MARAVILHOSAMENTE COMPROMETIDA. HÁ UM NOVO RESIDENTE NO COMANDO.

Os cabelos na parte de trás do meu pescoço ficam arrepiados. Meus amigos estão a bordo. Os cidadãos da Cidade Maiorlusco estão a bordo. Se o próprio Maiorlusco estiver comprometido... Minha imaginação salta os trilhos, indo para lugares escuros e horríveis...

— O que isso significa? — pergunto. — ME DIGA. AGORA!

A Coisa-Piloto solta uma tosse úmida, áspera e quase mortal.

— VOCÊS VÃO ENTENDER... QUANDO A COISA CHEGAR AO DESTINO FINAL...

O Maiorlusco não tem destino, apenas vaga por aí.

HUMANOS, SEMPRE COM SUAS CERTEZAS, MESMO QUANDO NÃO SABEM DE NADA!

A Coisa-Piloto tosse, cuspindo um punhado de gosma preta grossa.

- VOCÊS SE RECORDAM DE QUALQUER DANO PERMANENTE AO SEU PRECIOSO MAIORLUSCO? HUM?

Os olhos de Evie encontram os meus. Dano permanente?

A Coisa-Piloto nos chama com a garra. Evie não se move, mas eu relutantemente me aproximo apenas um pouco. A boca da Coisa-Piloto se abre ligeiramente, sussurrando algo. Sou forçado a dar mais um passo à frente para ouvir.

- THRULL DEVE MUITO A VOCÊ — ele diz, falando diretamente comigo agora. — PELA SUA INCAPACIDADE DE CONTROLAR SEU NOVO PODER.

— De quanto nós estamos falando? — pergunto. — É uma dívida grande o suficiente para que ele nos deixe em paz e vá embora para sempre?

A Coisa-Piloto consegue falar meio que sufocando em sua próxima frase:

- É UMA DÍVIDA QUE ELE NUNCA PRECISARÁ PAGAR.

Eu não tenho ideia do que a Coisa-Piloto está falando. Estou revirando aquelas palavras, quando...

— AAAAAHHH!

Eu grito, meio com dor e meio pego de surpresa, quando um sorriso doentio cruza o rosto moribundo da Coisa-Piloto e uma das garras enormes do Monstro-Morteiro se prende ao redor do meu pulso.

Com o canto do olho, vejo Evie correndo para longe, virando uma esquina e sumindo.

Eu adoraria ir atrás dela, mas a garra aperta e a Coisa-Piloto me puxa para mais perto.

– NÓS DIZEMOS A VERDADE. MAS ERA UMA TROCA. A VERDADE, PELA SUA VIDA. SSSSIM.

Eu arranho e soco e empurro e chuto, mas o aperto do Monstro-Morteiro é incrivelmente sólido como uma rocha.

– VAMOS DEIXAR O UIVANTE TER O PRAZER DE ENTREGAR SEUS AMIGOS, MESMO QUE ESTEJA MUITO LONGE PARA APROVEITAR AS RECOMPENSAS. MAS VOCÊ, MENINO, VOCÊ É NOSSO.

Choque e confusão me inundam.

— O Uivante? — falo meio sufocado.

VOCÊ ACHA MESMO QUE AQUELES QUE SÃO LEAIS A THRULL NÃO SE COMUNICAM?

QUE ASSIM QUE O UIVANTE SUMIU O CONTROLE, OS SERVOS PRÓXIMOS NÃO SOUBERAM?

A INFORMAÇÃO SE ESPALHA, NÃO RÁPIDO COMO THRULL QUER, MAS SE ESPALHA.

Evie, o Uivante está no controle. É o Uivante...

A garra do monstro aperta meu pulso e a dor intensa me silencia.

- VOCÊ FOI ABANDONADO PELA SUA AMIGA HUMANA.

— Ela não é minha amiga — consigo gritar.

-- AGORA FAREMOS O QUE MUITOS SOLDADOS DE THRULL NÃO CONSEGUIRAM. O QUE MESMO REŻŻÓCH NÃO CONSEGUIU. E RECEBEREMOS NOSSA RECOMPENSA NA DIMENSÃO ALÉM DAS DIMENSÕES...

Observo a Coisa-Piloto, quase morta, se movimentar. Dedos longos como garras piscam no ar! Unhas curvas perfuram a carne dura do Monstro Morteiro, cortando-a. O Monstro-Morteiro solta um grito terrível quando a Coisa-Piloto enfia a mão lá dentro e *puxa*.

SNICK!
REEEARGH!

Não, não, o que estiver fazendo, pare. Por favor.

Arg, que nojo.

O grito do Monstro-Morteiro desaparece quando as luzes preta e roxa de néon começam a brilhar sob sua concha. Há um som sibilante.

Já vi filmes suficientes para saber que este Monstro Morteiro tem algum tipo de autodestruição dentro dele, e a Coisa-Piloto apenas o desencadeou.

Ar gelado sai do monstro e seu corpo começa a se encolher como uma lata de refrigerante sendo amassada e torcida. É uma espécie de explosão reversa, o início de uma detonação interna.

Uma enorme garra parecida com uma lagosta me agarra, encontrando a Mão Cósmica. Espremendo.

Uma dor furiosa explode dentro da Mão Cósmica, acelera pelo meu corpo, dispara no meu crânio.

O monstro se desmancha ainda mais enquanto a autodestruição continua... estalando e estourando. Mas seu aperto em torno da Mão Cósmica só fica mais forte e...

Algo acontece.

De repente, estou em outro mundo. Um lugar de nada. Cercado por nada além de escuridão...

Capítulo Dezoito

Há uma estranha leveza no meu corpo.

Eu me senti assim um ano atrás, quando o Rei Alado sequestrou meu cérebro e me mostrou visões de futuros e realidades possíveis.

Mas este não é um mundo de pesadelo.

Este é um Mundo do Nada.

E neste Mundo do Nada, eu tenho tempo para pensar...

THRULL DEVE MUITO A VOCÊ. PELA SUA INCAPACIDADE DE CONTROLAR SEU NOVO PODER.

Tudo ia bem no Maiorlusco at[é] você e seus ami[gos] aparecerem!

Minha mente volta ao passado. Antes do Maiorlusco. Antes de sair de Wakefield.

De volta à noite em que Bardo morreu.

Foi quando me conectei pela primeira vez à energia escura e ao poder de controlar e manipular os mortos-vivos.

Tirei os poderes de Ghazt da cauda e aquela estranha energia cósmica encheu o tentáculo de Sucatken que cobria minha mão. O poder viveu naquela mão por um breve momento, e então essa energia e poder foram transferidos para o Fatiador, eles foram drenados da minha mão e injetados no Fatiador, transformando-o na cor da meia-noite e tornando-o a Lâmina da Meia-Noite.

Depois disso, o tentáculo de Sucatken se tornou uma luva permanente: a Mão Cósmica.

Os poderes de Ghazt na lâmina combinados ao tentáculo de Sucatken enrolado na minha mão são duas grandes forças que se unem para formar uma mega-arma cósmica.

E essa mega-arma é a única coisa que me faz controlar os zumbis...

De repente, um estranho relâmpago, relâmpago reverso, irrompendo pelo chão, aparece a distância neste Mundo do Nada enquanto o pensamento atinge meu cérebro...

Alfred!

> Bom dia, senhor.

> Uau!

— Hã, desculpe — digo, depois de um momento. — Você me assustou. Não sabia que mais alguém estava, hã, aqui. Achei que tinha esse plano astral só para mim. Mas, você também está aqui, certo?

Alfred olha ao redor:

— Aparentemente, estou, senhor.

— Você acabou de aparecer? E... espere! Você realmente fala como um mordomo?! É assim que você fala?

— Falo exatamente como você imagina que falo — Alfred responde. Sua voz é suave, plana e calma.

Ah. Certo. Ha, podemos conversar? Porque eu... estou realmente confuso. Bardo e Warg me ensinaram a controlar zumbis. Eu falo, em voz alta, as coisas que eu quero que vocês façam e então eu balanço o Fatiador e vocês fazem o que eu falei. Vocês seguem os meus comandos. Tipo, não sei... "ALFRED, ME TRAGA UMA CADEIRA!"

> Ei! Ah, obrigado.

Olho para a cadeira e decido que é real o suficiente para ficar confortável, me inclino para trás e continuo:

— Mas, Alfred, no parque aquático, eu controlei você sem o Fatiador. Isso aconteceu, certo? Eu não inventei isso, certo?

Alfred fica em silêncio.

— Veja, eu pensei que era meu cérebro alcançando você... como a Força. Isso é o que eu senti. Mas...

— Mas...? — Alfred pergunta.

— Mas não foi algum tipo de telepatia Jedi, foi?

— Certamente não, senhor — Alfred diz. — Você não é um Jedi.

— Certo, você não precisa parecer tão feliz com isso — digo. Olho para a Mão Cósmica. — Então agora estou pensando... foi ela. A Mão Cósmica.

Ela entregava os comandos — assim como o Fatiador entrega comandos. Não acho que exista em mim nenhum poder de controle de zumbis de outra dimensão. É apenas a Mão Cósmica e o Fatiador, juntos, eles, tipo, me permitem exercer esse poder.

— Hum — Alfred diz.

— Sem a Mão Cósmica, eu poderia ficar sentado nas costas do Blargus o dia todo, tentando enviar pensamentos e comandos do meu cérebro para o seu, mas nada teria acontecido. Certo?

— Talvez — Alfred responde.

— Então eu usei a Mão Cósmica, e apenas a Mão Cósmica, para controlar você, e depois disso, ela começou a mudar. A Mão Cósmica tem parecido diferente. Eu sinto ela diferente. Parece diferente! E ela faz eu me sentir diferente. Você acha isso também?

— Eu acho o que você acha — Alfred me diz. — Eu sou uma invenção da sua imaginação.

Eu balanço minha cabeça. A Mão Cósmica é um desconhecido maior do que eu jamais imaginei: talvez o Maior Desconhecido.

E eu usei aquele Maior Desconhecido para agarrar o Uivante ferido enquanto ele disparava em direção a Quint. E o Uivante sentiu seu poder. Ele sabia, então, que havia encontrado Jack Sullivan, o garoto com a lâmina que parou Thrull uma vez, meio que o parou uma segunda vez e normalmente dá nos nervos de Thrull. As forças do garoto Thrull estavam procurando por ele...

Mas o Uivante estava ferido, muito ferido para voar para a Torre e ficar todo: *"EI, CHEFE, ENCONTREI O MOLEQUE! ELE ESTÁ EM UM GRANDE SHOPPING VIAJANTE. VOCÊ DEVE IR LÁ PEGAR ELE!"*.

E então o Uivante colidiu com o Maiorlusco e morreu. Fim da história. Certo?

Porque uma vez morto, o fato de ter me visto, saber quem eu era, seria inútil... *Certo?*

— Alfred — digo. — A Coisa-Piloto disse que o Uivante está no controle, mas se isso for verdade, então o Uivante não pode estar morto.

— Não encontro nenhuma falha nessa lógica — Alfred concorda com um leve aceno de cabeça.

De repente, a Mão Cósmica pulsa e vibra! Estou compreendendo... e essa compreensão está desencadeando algo. A dor atravessa a mão e dessa dor, dessa mão, vem a clareza. Eu vejo... ou me mostram... o que aconteceu...

Eu balanço um pouco na cadeira quando uma onda de pavor toma conta de mim.

— O Uivante colidiu com o Maiorlusco, as trepadeiras se estenderam, assumindo o controle. E agora estão levando o Maiorlusco para o Thrull. Levando todos nós para o Thrull...

— Nós? — Alfred pergunta.

— Ah — respondo. — Certo. Não estou a bordo. Não mais.

— Mas eu estou. Muito obrigado por isso, senhor.

Excelente. Até meu mordomo imaginário é irônico.

— Eu disse a Evie que as forças do Thrull viriam atacar o Maiorlusco, independentemente de qualquer coisa, mas isso não é verdade, é? Eles vieram porque estavam procurando por nós, por mim, depois que matei Blargus e depois que escapamos com o Babão.

A cabeça de Alfred se abaixa.

— E tudo o que você fez depois disso, senhor...

Eu engulo em seco.

— Tudo isso ajudou o Thrull...

> Eu condenei todos que estão no Maiorlusco... eu estraguei tudo...

Uma rajada de ar gelado sopra neste Mundo do Nada.

— Tenho que ir! — Alfred diz e desaparece em uma nuvem de fumaça neon. As cores desbotam, revelando...

Thrull.

Por toda parte.

Seu rosto monstruoso, vasto e sem fim cobre todo o céu infinito do plano astral. E ele está rindo...

HA! HA! HA! HA! HA! HA! HA!

A risada horrível e zombeteira de Thrull fica cada vez mais alta, até que

SKREEE!!!

O Monstro-Morteiro está gritando! Seu grito de dor explode de todos os lugares, ao meu redor, como se o próprio mundo estivesse gritando...

E o rosto de Thrull se despedaça!

Ele explode em um milhão de pedaços irregulares quando fachos de luz deslumbrantes irrompem da escuridão, tudo está em chamas, tão brilhante que fico cego, e então não vejo nada...

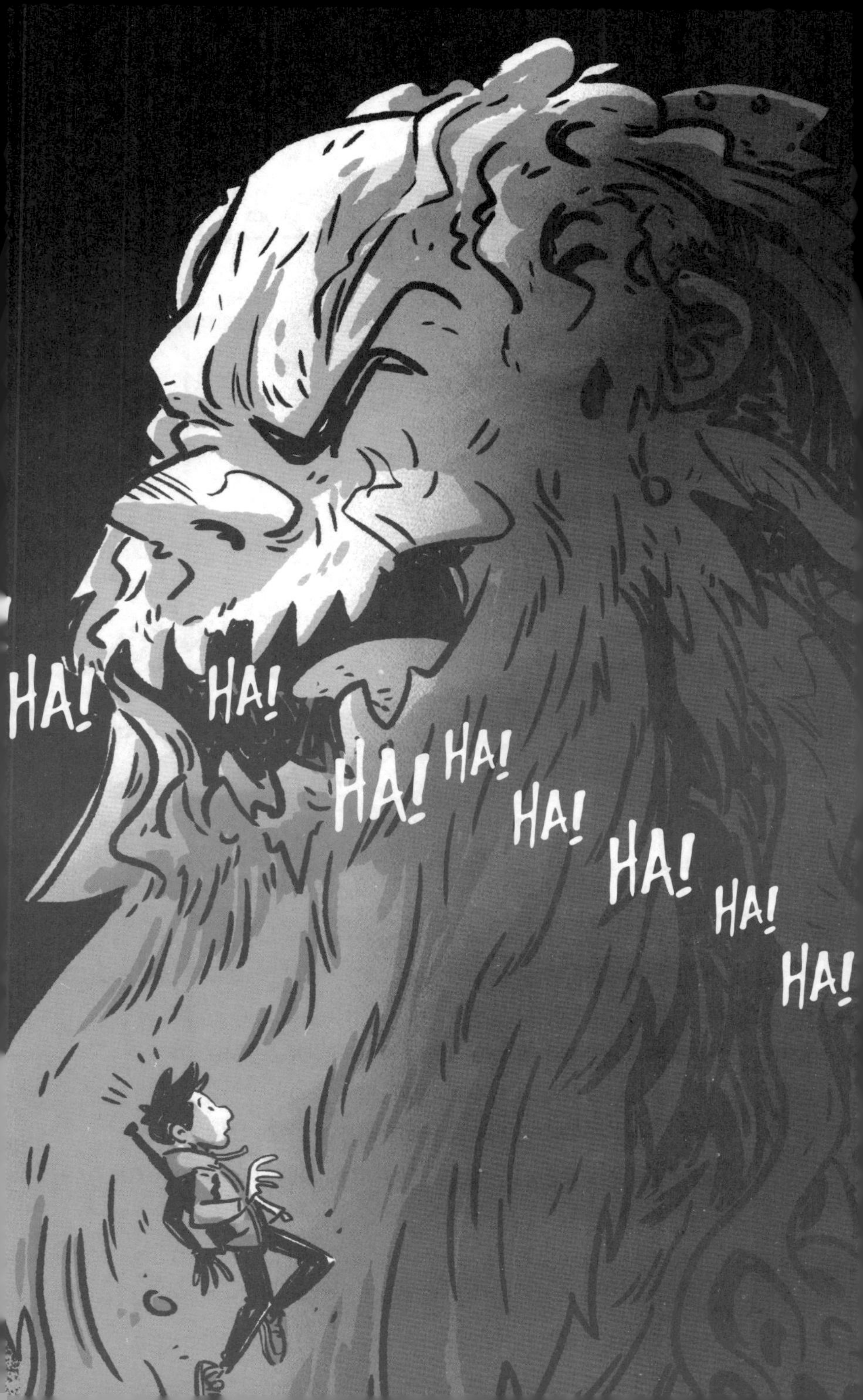
HA!
HA!
HA!
HA!
HA!
HA!
HA!
HA!

Capítulo Dezenove

— PRONTO! JÁ ACORDEI! — grito.
— Só estou tentando te ajudar — Evie fala dando de ombros.
Eu cerro os olhos para olhar para ela.
— Mas... o que... eu... estou vivo?
— Não. Você está totalmente morto agora.
— Você é a pior — digo, me sentando lentamente.
Evie ri.
— Eu não sei o que você estava fazendo. Você estava murmurando várias coisas. Depois parou e

não estava fazendo mais nada... apenas respirando e babando... por seis horas. Joguei muito Game Boy.

— SEIS HORAS? — exclamo. — Mas... não, isso não pode ser... foram apenas alguns minutos. Então o Monstro-Morteiro gritou, porque sua coisa de autodestruição havia terminado...

— Não. Eu que acabei com ele.

— Mas... você fugiu...

Olho para o Monstro-Morteiro, que está morto, imóvel, no meio de sua autodestruição de se recolher todo para dentro do próprio corpo. A arma de Evie se projeta dele como um palito de dente em um sanduíche.

— Eu não gosto de você, Jack, mas não fiz nada quando Bardo morreu, então eu fiz algo desta vez.

Eu pisco.

— Eu também não gosto de você, Evie.

Então, de repente, tudo o que vi no Mundo do Nada volta à tona.

— Evie! O Uivante ainda está vivo! E vai para a Torre. Quero dizer, ele está controlando e levando o...

— Maiorlusco? — Evie pergunta, parecendo surpresa.

— Sim! Como você sabia que eu ia dizer isso?

— Maiorlusco! — Evie exclama.

— SIM! Mas como você...

— Não! — Evie exclama, me levantando e me virando.

MAIORLUSCO!

O Maiorlusco está deslizando e rugindo, não mais um trator firme e todo-poderoso. Ele sacode para a esquerda, depois para a direita, se debatendo de dor.

E bem na frente e no centro da cabeça do Maiorlusco tem algo minúsculo, muito minúsculo, mas algo está acontecendo. Uma explosão de luz, e depois outra.

O Maiorlusco dá um solavanco novamente, inclinando-se em nossa direção, e vejo que é Yursl lá em cima, perto dos chifres do Maiorlusco.

VA-ZOOM!

VA-SHOOM!

Um redemoinho de energia rosa e azul irrompe do local onde Yursl está.

— O Uivante — falo meio engasgado, mas então há outra explosão de energia, irrompendo para fora, e eu recuo quando o Uivante explode no ar...

O Uivante cai no chão, aterrissando em uma pilha de trilhos de trem enferrujados e retorcidos.

De algum jeito, Yursl o removeu do cérebro do Maiorlusco e o destruiu.

É ótimo ter uma conjuradora mágica por perto.

Uma espessa tempestade de sujeira enche o ar enquanto o Maiorlusco desliza até uma parada violenta, como um avião pousando sem trem de pouso. A parte frontal do Maiorlusco está quase totalmente enterrada no chão.

Em seguida, meus amigos estão descendo de rapel do monstro que tem o tamanho de uma montanha e estão correndo em minha direção, através do emaranhado de trilhos de trem corroídos. Johnny Steve corre atrás deles, usando seu pequeno casaco de espião e tentando não tropeçar.

Minha cabeça está girando. Olho para Evie, que está tão confusa quanto eu.

— Ei, amigo! — Quint grita.

— O que vocês estão...? Como vocês...? — começo a falar, mas isso é tudo o que consigo dizer antes de June trombar em mim, me levantando do chão, e Dirk e Quint se juntarem a nós.

— O Maiorlusco? E vocês? — consigo gritar através do abraço de urso de Dirk. — Como... tudo isso? O QUE FOI TUDO ISSO?

— Acredito que posso responder melhor a essa questão — Johnny Steve diz, soando como Sherlock Holmes.

Ele dá um aceno rápido para Evie, ajusta o casaco dela e dá um tapinha em sua lateral, tirando um pouco da poeira que se juntou. Evie afasta a mão dele.

— Agora... — Johnny Steve começa. — Permita-me presenteá-lo com uma história. Farei o meu melhor para contar os detalhes exatamente como me lembro deles.

— Amiguinho... — June fala. — Não temos tempo para...

Mas Johnny Steve levanta uma sobrancelha, sorri e começa a narrar a história...

JOHNNY STEVE: O ESPIÃO!

Vejam só, desde o início eu estava preocupado com as chances de vitória dos mocinhos. Depois do pobre primeiro dia de Jack, eu <u>sabia</u> que tinha que agir.

> JACK É UM CANDIDATO TERRÍVEL! TODOS DIZEM COISAS RUINS PARA ELE!

> É verdade... eu sou o pior. Aguardo sua palavras maldosas.

spirado por uma das muitas exibições
igatórias de June de Todos os Humanos
Presidente, desenvolvi um plano: colo-
ia um dispositivo de escuta na campa-
a de Evie e Ghazt.

Mas tinha um pequeno problema: como?

É sabido que o quartel-general deles é impenetrável...

Veja como este lugar é impenetrável! Você já viu algo tão impenetrável? Aposto que não! É tão IMPENETRÁVEL que agora vou relaxar e jogar meu Game Boy enquanto Ghazt faz coisas de Ghazt.

Então refinei meu plano: iria plantar a escuta no candidato. Mas não deu...

Parece que você tem um pouco de chocolate emaranhado aqui, mas com apenas algumas borrifadas de creme para pentear e um bom pente você parecerá limpo e fresco como um...

TOQUE EM MIM DE NOVO E EU JANTAREI EM SUAS ENTRANHAS!

Minha tentativa fracassada de grampear o Ghazt me deixou com apenas uma opção: botar a escuta na gerente de campanha! Uma posição de tão pouca autoridade e poder que eles nunca esperariam ser o alvo.

Smud, por favor, remova esta criatura da minha presença.

Durante um dos eventos Encontro com Eleitores de Ghazt para elogios, plantei o grampo. No entanto, a inteligência coletada foi menos do que útil.

QUEIJO AMERICANO NÃO É QUEIJO, É?

Mas se não é queijo, o que é?

Temi não conseguir obter nenhuma boa informação. Mas então...

Os melhores amigos favoritos de todos caíram do Maiorlusco!

CLANG!

Melhores amigos!

Com a oposição fora, Ghazt rapidamente assumiu o controle do shopping. Então eu corri para reunir alguns heróis radicais...

Vamos, heróis! A hora chegou!

JOHNNY STEVE, VOU TER QUE PEDIR QUE SE RETIRE.

Eles só são heróis em Nova York, mas a maioria das pessoas chama de sanduba ou de...
Dirk! Talvez você possa me ajudar!
Com a ajuda do meu aparelho de escuta e da bengala de conjurador de Quint, que adora radiofrequência, conseguimos escutar toda a jornada de Jack e Evie.
Você gosta mais de M&Ms ormais do que de amendoim?
Está doida?
Sim, doida por alguns M&Ms normais!

Tô entediada. Vamos desligar isso e ir comer M&Ms.
Espere. Parece que algo grande está pra acontecer...
Sentiu esse cheiro? É o cheiro do mal.
Quê? Desculpe, não prestei atenção. Não consigo parar de pensar em quanto sinto falta do Johnny Steve. Cara legal.
CROSSIN

Gente, não acontece nada de interessante. O plano falhou. Vamos desligar o rádio.
Espere. Parece que o Jack vai morrer. Eu fico com o Fatiador.
Já é terça? Se Jack morrer numa terça, Skaelka me deve 19 pratas!
Esperem, humanos. Meu sentido de espião me diz que estamos para conseguir uma informação muito valio...

Ah, Pátio de Trens Travessia da Viúva. Passei férias aqui.
E... EVIE, O UIVANTE ESTÁ NO CONTROLE. É O UIVANTE QUE...

Quando ouvi Jack gritar: "O Uivante está no controle!", consegui decodificar suas palavras e deduzir que, de fato, o Uivante estava no controle!

Um tempo atrás, havia um monstro chamado Rei Alado, que usava seus olhos para dar a Jack visões estranhas!

Ah, sim, eu estou familiarizado com essas feras. Uivantes e Monstros Alados estão intimamente relacionados!

Então, chamamos Yursl e fomos ao trabalho!

O MAIORLUSCO PROCURA POR MONSTR COM DOR. SUSPEITO O UIVANTE TENHA D A ELE UMA VISÃO DE MONSTRO COM DOR MAS ESSE MONSTR É O THRULL.

POR ISSO O MAIORLUSCO ESTÁ INDO DIRETO PARA A TORRE!

"AGORA, VOU HIPNOTIZAR O UIVANTE PARA FAZÊ-LO DIRIGIR O MAIORLUSCO NA DIREÇÃO QUE QUEREMOS..."

"VOCÊ ESTÁ FICANDO COM SONO."

"Próxima parada: Pátio de Trens Travessia da Viúva."

"Mas, conforme o Maiorlusco foi em direção ao Jack, o Uivante começou a resistir. Yursl não conseguia mais manter o Uivante sob controle, então ela convocou toda a sua energia de conjuradora e..."

> KAA-ZOOOSH!
>
> EI, UIVANTE. VOCÊ FOI YURSLADO!

> E isso nos traz até... aqui!

ISSO CONCLUI O EPISÓDIO DE...
JOHNNY STEVE: O ESPIÃO!

Estou sem chão por vários motivos.
— Obrigado, Johnny Steve — eu começo a falar, mas nem todo mundo está se sentindo tão grato.

— Certo, em primeiro lugar — Evie fala —, sua campanha foi muito mais trapaceira e desonesta do que a nossa. Tipo, muito mais. A sua tinha escutas!

June suspira e acena com a cabeça.

— Sim, sim. Estou pensando nisso também.

— E, segundo — Evie continua, parecendo completamente descontente —, há uma coisa que você não conseguiu explicar: onde você plantou a escuta em mim?

— E assim — Johnny Steve diz — o mal foi detido! Embora ainda não saibamos o que fez com que o Uivante tivesse como alvo o Maiorlusco depois de tantos meses sem nem mesmo um sopro de ataque.

Olho para a Mão Cósmica e estou prestes a contar aos meus amigos que causei tudo, quando...

— O mal não foi detido — June fala. — Jack, depois de te derrubar do Maiorlusco, Ghazt foi ao trabalho: ele disse a todos os monstros que você estava morto, mas no interesse da democracia, a eleição ainda seria realizada. E graças à Lei do Grande Protetor nº 789, eles não poderiam votar em humanos mortos. O que significa...

— Ghazt vai fazer os monstros votarem — digo. — Votarem nele.

— Bingo — June responde.

— E se ele ganhar... — Quint começa.

— O Babão está perdido — Dirk diz suavemente.

— E o mal ainda não foi detido por outro motivo também — conto, lembrando minha visão naquele Mundo do Nada e agora sabendo exatamente o que significa. — Thrull sabe onde estamos. E se o Uivante não está mais nos levando até ele, então ele está vindo até nós...

Capítulo Vinte

Marchamos de volta ao Maiorlusco ferido, passando pelo corpo detonado do Uivante no caminho. Yursl se recosta na pele do Maiorlusco, parecendo que acabara de correr trinta e oito meias maratonas. Ou até dezenove maratonas completas.

Sua pele está quase transparente quando ela levanta a cabeça para olhar para Quint.

— O Uivante está morto, e o Maiorlusco está livre, mas levará muito tempo até que eu possa invocar um poder assim novamente. A bola está com você, e você deve fazer a cesta!

— Obrigado, Yursl — Quint diz.

Yursl convoca força suficiente para jogar um braço em torno de Quint.

— Agora você tem tudo de que precisa para fazer o que deve ser feito — ela afirma.

— E nós vamos fazer isso — eu digo, soando muito mais confiante do que me sinto realmente.

Deixamos Yursl descansando e entramos no shopping... um shopping que parece muito diferente do que aquele do qual eu caí nove horas antes.

O que vejo é um mundo sob o domínio de Ghazt, e o cenário é cruel e assustador, me lembra das Terras do Reino no final de *O Rei Leão*, quando Simba retorna e Scar tem sido um rei imparável por anos.

Além disso, é irritante. Todos os nossos cartazes de campanha foram derrubados ou encobertos. Nessas horas que eu desapareci, Ghazt deve ter enlouquecido na loja de impressão, porque o shopping está cheio de fotos realmente bregas do grandalhão mostrando os dentes no que eu acho que deveria ser um sorriso, mas na verdade parece como a foto do "antes" para algum serviço de limpeza de cavidade bucal com sobrepreço.

June balança a cabeça.

— Que bobão.

Lanço um olhar para Evie, que dá de ombros.

— Não fazia parte da minha estratégia de campanha. Mas, ainda assim, são fotos legais.

O primeiro andar está vazio, exceto por Smud. Ele está no Gêiser da Vitória, que surge à frente, com uma mão na alavanca.

— As coisas vão começar a acontecer rápido agora — Quint fala, enquanto segura seu cajado de conjurador com força.

Smud puxa a alavanca, e o chão treme quando o gêiser é ligado. Ando mais rápido, subindo as escadas rolantes três degraus de cada vez.

Ghazt anda de um lado para o outro na extremidade de sua sede na praça de alimentação.

— Sem filas ordenadas! — ele ruge. — Ninguém se importa com filas ordenadas! Basta votar!

Milhares de monstros são empurrados contra as grades de plástico transparente que dão para a praça principal e o palco. Eles estão a poucos momentos de jogar suas cédulas no Gêiser da Vitória. Cada monstro agarra duas bolas de cédula. Em uma delas, um rato desenhado à mão. Na outra, um eu desenhado à mão.

— Joguem suas cédulas agora! — Ghazt ordena. — Quem demorar será o próximo a ser jogado pra fora.

Smud chama:

— Mas, senhor, o Gêiser da Vitória ainda não está...

Os monstros congelam.

Abro caminho até o corrimão do terceiro nível, ficando bem em frente ao Ghazt. Monstros próximos recuam, dando espaço para mim e meus amigos. De cima e de baixo, monstros espiam por cima dos corrimãos, tentando ver o que está acontecendo.

No nível do solo, Smud grita. Seus patins saem debaixo dele e ele cai de bunda.

— Ahh! Aquele garoto voltou dos mortos! Ele é um zumbi! Rápido, Ghazt, controle-o com seus poderes de controle!

June geme.

— Ele não pode mais fazer isso, lembra? Preste atenção, Smud.

— Não, presta atenção você! — Smud grita.

— Eu estou prestando.

— Bem, ótimo — Smud fala. — Continue, então.

— Estou tentando — June suspira.

— CHEGA! — Ghazt dá um tapa no corrimão e me encara. — Eu pensei que tinha acabado com você, Jack...

Eu sinto os monstros me observando, eles parecem sobrecarregados. Compreensível: nas últimas horas, muita coisa aconteceu e tudo culminou com a casa deles enfiando a cabeça no chão e uma criança humana com uma espada de taco de beisebol marchando como um aspirante a rei retornando dos mortos para reivindicar seu trono de direito.

Cara, eu sou *muito* o Simba agora.

— Antes de votarem — digo —, vou fazer uma declaração final. De mim, Jack Sullivan, candidato a prefeito e garoto totalmente não morto.

Agarro o corrimão e respiro fundo.

— Vocês precisam saber em quem e no que estão votando exatamente. Ghazt disse que aqui era seguro, mas não é. O Uivante estava levando o Maiorlusco até a Torre, para o Thrull. O Uivante está morto agora, mas Thrull sabe onde estamos e ele está vindo.

Os monstros suspiram. Então explodem...

June caminha até a grade ao meu lado.

— Nós dissemos a verdade o tempo todo!

Eu engulo em seco. Não quero fazer isso, nem um pouco, mas esses monstros merecem a honestidade, as mentiras têm que acabar!

— Não... — digo, tentando manter minha voz firme. — Nós não dissemos a verdade. Não toda a verdade.

— Hã? — Evie murmura. — Não previ isso.

— Jack — June começa a dizer —, o que você está...

— Eu não sabia antes... — continuo —, mas deixei de fora algo grande: eu sou a razão pela qual todos vocês estão em perigo. A culpa é minha.

Posso sentir a tensão nos monstros ao meu redor e agarro o corrimão com mais força.

— Eu tenho dito a vocês que uma luta está chegando... uma luta da qual vocês não podem se esconder...

Olho para a Mão Cósmica. *Que poderes ela tem que eu não entendo? Em que caminho fui colocado quando o Sukatken envolveu minha mão? Com o que eu inconscientemente concordei quando tirei o poder do Ghazt do braço do Thrull?*

Nem pensei em me fazer essas perguntas antes. Eu apenas agi. E agora... aqui estamos. Em um lugar ruim, muito ruim.

Eu tento continuar, mas minha voz está rouca. Não tem aquele *buum* autoritário de senhores da guerra cósmicos que Ghazt tem.

> A luta que falei a vocês? Ela já está aqui, mais cedo do que deveria... e por minha causa.

> Eu usei esse poder que não conheço bem e ele revelou nossa localização às forças do Thrull.

> Por isso, os Uivantes atacaram e por isso o próprio Thrull está vindo.

Olho para June. Seu rosto é uma mistura de confusão e medo, mas também há confiança nele. Ela me entrega um dos microfones e eu lhe dou um aceno de cabeça rápido como agradecimento.

De repente, todos os monstros estão falando ao mesmo tempo e, mesmo com o auxílio do microfone, tenho que gritar para ser ouvido.

— Eu poderia ter escondido essa informação, e vocês nunca saberiam. *Mas achei que mereciam a verdade! Vocês merecem um líder que lhes diga a verdade!*

Mais abaixo no parapeito, uma enorme monstra laranja grita:

— Você, humano, não é líder! — Seus olhos encontram os meus e eu olho para baixo.

Eu mereci isso, porque eu não sou um líder. Pelo menos não agora, ainda não... e talvez nunca seja...

— Eu sei — respondo. — Eu não sou essa pessoa. E é por isso...

— Não, June — falo. — Nada de reunião. Estou falando sério.

Uma grande confusão atinge a Cidade Maiorlusco como um raio, e a voz retumbante de Ghazt irrompe sobre a balbúrdia:

— É isso, então! — ele grita. — Jack está fora, eu venci. E se o garoto estiver certo e Thrull agora estiver se aproximando, todos vocês sabem o que deve ser feito!

Os monstros parecem ainda mais confusos.

— Nós sabemos? — um deles pergunta.

— Vocês devem se entregar! — Ghazt dá um soco em sua pata suja como se o que ele estivesse dizendo

E VOU PROTEGÊ-LOS! AO ORDENAR QUE VOCÊS SE SUBMETAM A THRULL E SE TORNEM SEUS SERVOS, ESTOU MANTENDO VOCÊS SEGUROS. E SE NÃO ESTIVEREM SE DIVERTINDO, EU BUSCO VOCÊS DEPOIS, PROMETO.

ESPEREM ALGUMAS SEMANAS E VOCÊS PROVAVELMENTE VÃO GOSTAR.

fosse corajoso e forte, quando na verdade é totalmente o oposto.

— Mas você deveria nos proteger! — um monstro grita.

Ghazt parece estar tentando convencer um garoto nervoso de que ele realmente vai curtir o acampamento, ele só precisa dar uma chance justa à experiência.

— Você não vem com a gente? — outro monstro pergunta.

— Eu? Não, não. Vou corajosamente sair pela porta dos fundos. Para que eu esteja em uma posição melhor para ir buscá-los mais tarde, se vocês não gostarem do Thrull. Mas vocês vão gostar, com certeza.

— Espere aí — grito. — Ghazt, você ainda não é o prefeito.

— Sou o único candidato — Ghazt me lembra.

— Não é, não... — digo. — Eu suspendo minha campanha para nomear Johnny Steve em meu lugar.

Todos os monstros olham para Johnny Steve e um som coletivo de surpresa vem da multidão. Johnny Steve também está surpreso.

— O espião secreto? — um monstro pergunta.

— Johnny Steve provou sua bravura! Ele provou que está do lado certo, colocando vocês em segurança quando o Monstro-Morteiro atacou, monitorando Evie e nos rastreando — eu explico. — Além disso, ele tem um sobretudo e um chapéu irados.

Johnny Steve avança.

— Aham. Bem, eu, hã, eu aceito humildemente esta honra. Infelizmente, estou um pouco desprevenido e, *hoo*, bastante nervoso, então, se vocês puderem me esperar por uma hora ou duas enquanto eu organizo meus pensamentos...

June se apressa, pegando o microfone da minha mão.

— Ei, June Del Toro aqui, recém-nomeada gerente de campanha para o indicado Johnny Steve, o detetive particular de olho no futuro! Vocês devem fazer uma escolha. AGORA.

— VOTEM EM MIM E MANTENHAM-SE VIVOS!
— Ghazt explode. — E VIVAM CONFORTÁVEIS COMO SERVOS!

Eu examino a multidão, posso ver nos rostos dos monstros, e posso até ver nos monstros que realmente não têm rostos: eles não sabem em quem confiar, no que acreditar ou o que fazer.

— A escolha é de vocês — eu começo a dizer, quando de repente...

BUUM!

A loja *Old Navy* entra em erupção! A *Aéropostale* é detonada! Uma explosão maciça abre um grande buraco na parede do nível inferior, fazendo chover pedaços de concreto, aço e plástico, e uma onda de choque rasga o shopping.

O que antes era o lar de bermudas em abundância agora é apenas um buraco irregular e escancarado. E através desse buraco, vemos um exército. O exército do Thrull.

Eles estão atravessando o cemitério de trens e trilhos, marchando para o shopping.

E ficamos sem tempo.

Capítulo Vinte e Um

A fumaça fina que se segue à explosão flutua pelo shopping. É como uma névoa que paira sobre o Maiorlusco, amplificando o silêncio sinistro que vem em seguida.

À medida que o nevoeiro se dissipa, o inimigo que avança fica à vista.

E não é uma boa visão.

Esta não é apenas uma divisão ou um único esquadrão do exército de Thrull, como os fervilhantes Uivantes ou os furiosos Monstros-Morteiros. Isso é maior. *Muito maior.* E o próprio Thrull está liderando esse ataque...

Ainda não podemos vê-lo, mas podemos ouvi-lo. Cada palavra sua é um som estrondoso que ecoa pelo cemitério de trens de aço...

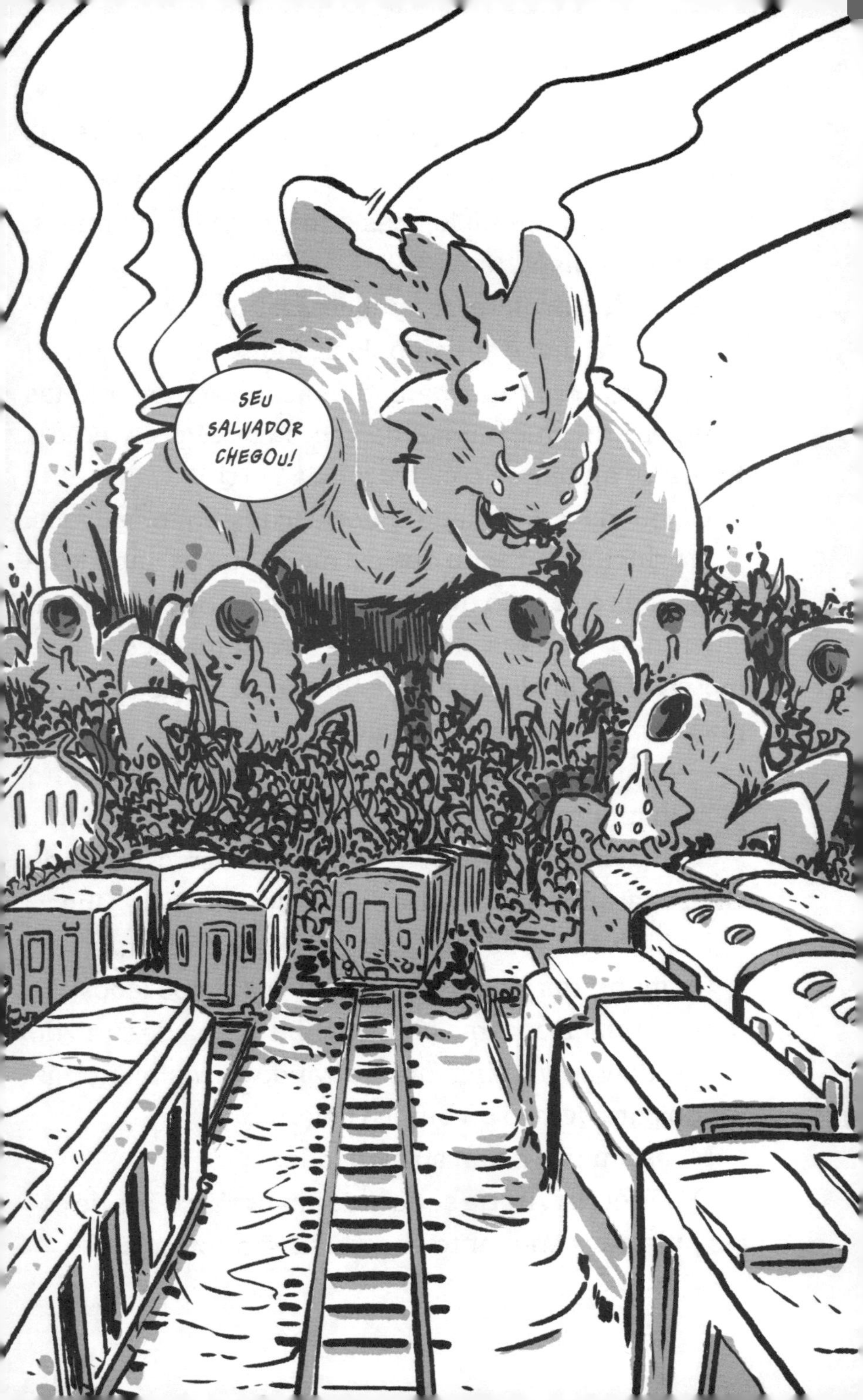
SEU SALVADOR CHEGOU!

Ouvir a voz de Thrull novamente... e não através de uma visão horrível ou uma nota enigmática embrulhada em um pesadelo, mas aqui, ao vivo, faz minha adrenalina disparar.

A voz de Thrull ressoa poderosa:

— Neste dia, o menino Jack Sullivan vai morrer! Neste dia, a criatura chamada Babão vai morrer! Mas vou permitir que o resto de vocês viva! Vocês terão a honra de ajudar na construção da Torre.

Os cidadãos da Cidade Maiorlusco estão congelados.

A princípio, eu acho que é o medo que os impede de fugir, mas é pior do que isso: eles estão ouvindo. Considerando. Processando as vis proclamações e promessas de Thrull. Eu engulo em seco. Se ele oferecer pizza grátis, estamos acabados.

— Agora venham! — ele insiste. — Juntem-se a mim para inaugurar a nova era de Ṛeżżǒcħ!

Acima de nós, abaixo de nós, os monstros olham de Ghazt para Johnny Steve e depois de volta para Ghazt.

E então, todos de uma vez, começam a votar...

Os monstros jogam suas cédulas para os lados! As bolas caem na enorme banheira em forma de funil do Gêiser da Vitória, pingando, saltando e, finalmente, girando para dentro do buraco dele.

Meus amigos ficam ao meu lado.

O Gêiser da Vitória se acende em um arco-íris de cores pulsantes enquanto as cédulas são contadas.

BUUM! Outra monstruosa explosão de artilharia abala o shopping. E outra...

Mas, apesar do ataque explosivo, ninguém tira os olhos do gêiser. Ele conta e conta, e então...

DING! Um som de uma torradeira gigante estourando.

De repente, a luz azul pisca. Uma espécie de holograma aparece, projetado na lateral do gêiser. É aquele apresentador de TV: Harvey Cabelo Legal.

— Ó meu Deus! — June grita. — É ele!

— Ele não é real! — digo.

— Mesmo assim.

> Anunciando o vencedor deste ano da Estrela Adolescente! Ele é incrível, ele é demais, ele é: JOHNNY STEVE!

— Não! — Evie grita.

A mudança acontece instantaneamente, é a mais rápida transferência de poder na história das eleições.

As defesas eletrificadas em torno da fortaleza da praça de alimentação de Evie e Ghazt acendem uma vez e depois desligam. Os portões se abrem com um estrondo pesado.

Evie e Ghazt não estão mais no controle, e todas as coisas — e o Babão — agora pertencem a Johnny Steve.

— Conseguimos! — June grita.

Mas qualquer sentimento triunfante é interrompido quando Ghazt salta da praça de alimentação sobre o Gêiser da Vitória e cai quase em cima de mim.

Seus pelos estão levantados e seus olhos estão acesos de fúria enquanto ele se aproxima de mim.

— Eu deveria ter te matado de verdade — ele rosna. — E ainda posso...

Ghazt, espere... ainda há um poder. O poder de controlar o exército de esqueletos.

— E ele ainda pode ser seu — Evie diz, suavemente, quase timidamente. — Você só precisa pegar pra você... pegar do Thrull.

Ghazt olha em volta: para as centenas de monstros que não votaram nele, para o Fatiador na minha Mão Cósmica e para os três zumbis que controlo.

Então, ele me bate.

Mas é apenas o ombro dele, batendo no meu enquanto ele passa por mim, empurrando através do mar de monstros. Ele ataca com sua pata de rato, cortando um enorme banner "Vote em Ghazt" em dois. Os pedaços rasgados caem no chão.

Evie e eu nos encaramos por um longo momento, então ela o segue.

— Certo — Johnny Steve diz —, agora, como seu prefeito...

A voz de Thrull ressoa além das paredes do shopping.

— Vocês concordam com os termos? Vocês me servirão e viverão para ver Ṛeżżőch vir a esta terra?

Johnny Steve rapidamente passa pelos monstros: seu eleitorado, seus eleitores, a comunidade pela qual ele agora é responsável. Nós o seguimos até um grande terraço ao ar livre com vista para o cemitério de trens. Ele estica a cabeça e grita:

— SEM ACORDO, THRULL!

Os monstros aplaudem.

— Desculpe, mas acho que não ouvi o que você disse! — A voz de Thrull ressoa.

— Ele não esperava por isso, não é? — Johnny Steve diz, levantando os braços em V para a vitória.

— NÃO, ESTOU FALANDO SÉRIO! NÃO CONSIGO OUVI-LO A ESTA DISTÂNCIA! — Thrull diz.

Aaah.

— Tente isso — June fala, jogando para Johnny Steve uma caixa de som de caraoquê do *Rockin' Ruby*. Ele liga o interruptor e repete:

SEM ACORDO!

— Você acha que ele nos ouviu dessa vez? — Quint pergunta depois de um momento.

Eu dou de ombros.

— Hã. Hum. Thrull, você nos ouviu desta vez? — June pergunta ao microfone.

— Desta vez eu ouvi. E minha resposta: todos vocês serão destruídos neste dia.

— Parece mesmo com algo que ele diria — falo.

— Ei, pessoal — Dirk diz, parecendo destruído com esse vai e vem desajeitado. — Podemos pegar o Babão agora? Por favor?

Quint responde por todos nós.

— Sim, Dirk. Já estava na hora.

Momentos depois, estamos marchando em direção à praça de alimentação. A voz de Johnny Steve ecoa nos alto-falantes o tempo todo e há um frenesi de ação e movimento ao nosso redor.

— Todo mundo! Para a garagem! Vamos montar as carapaças para fugir em segurança!

A fortaleza de Evie e Ghazt está repleta de restos de comida e pedaços de queijo com crosta. O fedor de Ghazt é forte, mas quase não noto. Estou muito ocupado vendo o prefeito Johnny Steve abrir a gaiola estranha e sobrenatural do Babão.

Ninguém diz uma palavra enquanto Johnny Steve remove o Babão da gaiola e gentilmente o entrega ao Dirk.

REUNIDOS!
ISSO É BOM DEMAIS!

Por um breve momento, esqueço o inimigo nos portões e a luta que está a apenas alguns minutos de distância. Parece que todos nós esquecemos. Apenas assistimos a Dirk abraçar seu amiguinho, observamos a alegria em seu rosto enquanto aquele momento passa por ele...

Durante nossa viagem, descobrimos que a vida pré-apocalíptica de Dirk era, de certa forma, cheia de promessas quebradas. Mas a promessa de Dirk para o Babão nunca foi quebrada.

— Fique confortável, amiguinho — Dirk fala para o Babão. Ele joga a espada e a bainha nas costas, depois coloca o pequenino no punho da espada, seu lar por direito. — Mas não muito confortável, pois estamos prestes a precisar de você, e precisar muito.

— Vamos segurar o Thrull o máximo que pudermos — Quint diz a Johnny Steve.

— Agora, saia daqui, cara — June fala. — Sem grandes despedidas, porque eu vou ver você de novo.

Johnny Steve acena com a cabeça e se vai.

Um tanque de raspadinha vazio está no chão no meio de uma poça de xarope de laranja pegajoso. Dirk tira um pelo de rato gigantesco do tanque, depois o pega e o joga por cima do ombro. Com a ajuda de seu cinto e alguns cadarços, ele transforma o tanque em uma mochila improvisada. O Babão, empoleirado acima dele, pinga Ultragosma no tanque.

Dirk diz:

— Encontro vocês lá embaixo...

> Babão e eu vamos espalhar Ultragosma no shopping todo, só pra garantir...

Capítulo Vinte e Dois

Tem muitos malvadões ali. É muito tarde pra votarmos no Ghazt?

— Muito engraçado — June fala, cerrando os olhos para ver o inimigo se aproximando.

PFHOOM!

Uma bomba de ossos cai a trinta metros de nós. Esqueletos se erguem, assumindo novas formas mutiladas.

— Ei, pessoal, não perdi nenhuma diversão, perdi? — Dirk pergunta, aparecendo de repente ao nosso lado e se agachando. O Babão está dormindo profundamente no punho da espada, eles devem ter feito muitas coisas.

Dirk espia pela parede destruída.

— Ih, caras, as coisas não estão boas, hein. Aquilo é uma Besta? Seria ótimo se pudéssemos terminar a "fuga dos mocinhos" antes de aquilo se aproximar.

Eu puxo a câmera da minha bolsa e olho através de uma nova lente de alta potência... *obrigado, loja de eletrônicos do shopping!* Eu tenho um rápido vislumbre dos soldados-esqueletos agora marchando para a frente. Mexo na lente, ampliando ainda mais, girando até focar, e me concentro no rosto do Thrull, que está sentado no topo de um trono de osso e trepadeira, carregado por soldados esqueléticos.

Ele parece mais arrogante do que nunca, como se já tivesse vencido; deve pensar que um Maiorlusco ferido e meio morto, encalhado em um cemitério ferroviário enferrujado, é uma presa fácil.

Em qualquer outro dia, essa presunção iria mexer com a minha cabeça, mas hoje isso me dá esperança.

Quanto mais ele acha que já ganhou, mais tempo Johnny Steve tem para levar todos para um lugar seguro.

— Thrull está lá pra trás — aviso, voltando a me esconder atrás da parede. — Mas duvido que ele fique lá.

Hora de cumprir com nossas promessas de campanha.

Lutar contra os caras maus.

E aí, o que faremos?

Conseguir o máximo de tempo pro Johnny Steve e os monstros.

E não morrer no processo.

— Eu gosto especialmente da parte do plano do Dirk — digo. — É uma parte muito importante.

Dirk dá uma sacudida suave no Babão.

— Acorde, amiguinho — ele diz, enquanto coloca o Babão na ponta da mochila de gosma. Os olhos do monstrinho se abrem. Ele é, mais uma vez, uma torneira de Ultragosma.

— Está na hora — Quint fala — de aplicar a gosma.

Ele enterra ambas as pontas das garras em cima de seu cajado de conjurador, tomando cuidado para evitar contato com qualquer um de seus aparelhos ou tecnologia. June vem em seguida, girando flechas, mergulhando estrelinhas e quem-sabe-que-mais-de-suas-armas na gosma.

Convoco Alfred, Glurm e Esquerda.

— Dê um mergulho, pessoal — digo, e com um giro do Fatiador, as armas deles são banhadas na gosma.

O walkie-talkie de June assobia.

— Prefeito Johnny Steve aqui! Estamos em movimento!

— Bom — digo —, acho melhor continuarmos por aqui.

Dirk me dá um tapa nas costas. Ele está sorrindo. Com o Babão de volta, é como se ele fosse totalmente ele mesmo novamente. *Mais do que ele mesmo.*

— Vamos apostar corrida até lá! — Dirk grita e, com isso, nós saímos, em um campo de batalha cheio de cascas de vagões de trem e aço enferrujado, colidindo de cabeça com o exército de mortos de Thrull...

As duas forças colidem com um estalo ensurdecedor, e a Ultragosma do Babão faz tudo o que deveria fazer e muito mais.

— Senti sua falta, amigo! — Dirk fala.

O Babão apenas gorjeia quando a lâmina de Dirk gira, cortando a horda ao redor. A Ultragosma do Babão respinga nos inimigos, queimando as trepadeiras vis que os animam e permitem que eles lutem.

— Para trás! — Quint grita, espetando um soldado-esqueleto particularmente rápido. Cada golpe das pontas cobertas de Ultragosma de seu cajado desativa um inimigo.

— June! Atrás de você! — grito enquanto enfio o Fatiador em um esqueleto saltitante.

June pensa rápido, e, com um movimento do pulso, um baralho de cartas de Uno sai da parte de baixo da Arma; outro movimento e as cartas são jogadas para fora, cada uma passando pela Ultragosma.

Isso é divertido e tals, mas eles são MUITOS!

Mais do que você imagina... olha o que vem vindo!

Uma Besta está nos atacando, suas patas selvagens empurram os soldados-esqueletos de Thrull para o lado, espalhando-os às dezenas.

— Alfred, Esquerda, Glurm! — grito, arrancando o Fatiador de um soldado-esqueleto em queda e balançando-o em direção à Besta. — Detenham-no!

Meu esquadrão zumbi avança, pulando, escalando, atacando! Mas a Besta é apenas um servo do mal de Thrull. Não está morto, então a Ultragosma não causa danos.

SKLUTCH!

Mas, juntos, os zumbis batem na Besta o suficiente para que, quando June grita "DESÇAM!", tenhamos esperança.

O braço de June gira, e uma dúzia de globos de fumaça disparam na boca escancarada da Besta. Sua garganta incha, seus olhos saltam, e então a fera cai.

Fumaças vermelha e amarela saem de sua boca.

Nós giramos, meio cegos, sem saber o que virá a seguir. De repente, três soldados-esqueletos saltam através da nuvem, agarrando o Babão! Suas mãos chiam, com as trepadeiras derretendo, mas ainda assim eles puxam.

— Não, não — Dirk diz, empurrando-os para trás e puxando Babão das mãos deles. — Acabei de ter meu amigo de volta e não vou perdê-lo para esses idiotas ossudos.

Dirk enfia sua espada no tanque de raspadinha, gira como se estivesse fazendo um movimento especial e, em seguida, desencadeia a destruição final com a Ultragosma...

O maremoto de Ultragosma dizima uma dúzia de soldados. Os ossos dos já-mortos-e-teriam-ficado-assim-se-não-fosse-por-Thrull-ser-o-pior estão se acumulando. Está começando a parecer que podemos realmente vencer esse exército...

E Thrull, ainda em seu trono, parece furioso.

Sobre os sons do combate, Quint grita:

— Então é isso? Isso é tudo o que você pode conjurar, Saruman?

— Quint! — grito. — Por que você disse isso?! Não cite *As Duas Torres*! Isso é o que o velho rei diz antes do grande orc...

— Uruk-hai — Quint me corrige.

— ... logo antes daquele tal Uruk-hai arrebentar a parede e bagunçar tudo!

E é exatamente isso que Thrull faz a seguir: bagunça tudo.

Um som se eleva acima de todo o restante, um rugido doloroso e monstruoso.

Eu me viro, olhando para onde o Uivante jaz morto. Trepadeiras estão explodindo pelo chão ao redor de seu cadáver.

Meus olhos vão do Uivante para o Thrull. O longo braço-chicote do Uivante se levanta do chão e então se encaixa novamente em seu corpo! Faixas de metal e solo rochoso entram em erupção, as trepadeiras encontram o Uivante mais uma vez e ele grita ainda mais alto.

O corpo do Uivante praticamente derrete: carne, escamas e órgãos caem, deixando apenas a estrutura do esqueleto por baixo. Surgindo como um maremoto, temos...

– O Uivante de Ossos –

Com um tremendo estalo, o Uivante é arremessado em direção a Thrull, que, no mesmo momento, salta de seu assento, encontrando o Uivante no meio do campo de batalha. Thrull pousa em cima da fera.

— Uau — Dirk. — Isso foi muito legal.

June franze a testa.

— Sério, cara?

Dirk dá de ombros.

— Mas foi.

— Então... parece que Thrull tem um corcel agora — Quint diz.

Eu engulo em seco.

— Acho que estarei no banheiro nesta próxima parte da luta.

— Que tal todos nós entrarmos? — June diz. Então, continua bruscamente: — Agora!

Ninguém discute. Ninguém vai discutir quando um monstro como Thrull está correndo em sua direção em cima de um Uivante de Ossos movido a trepadeiras...

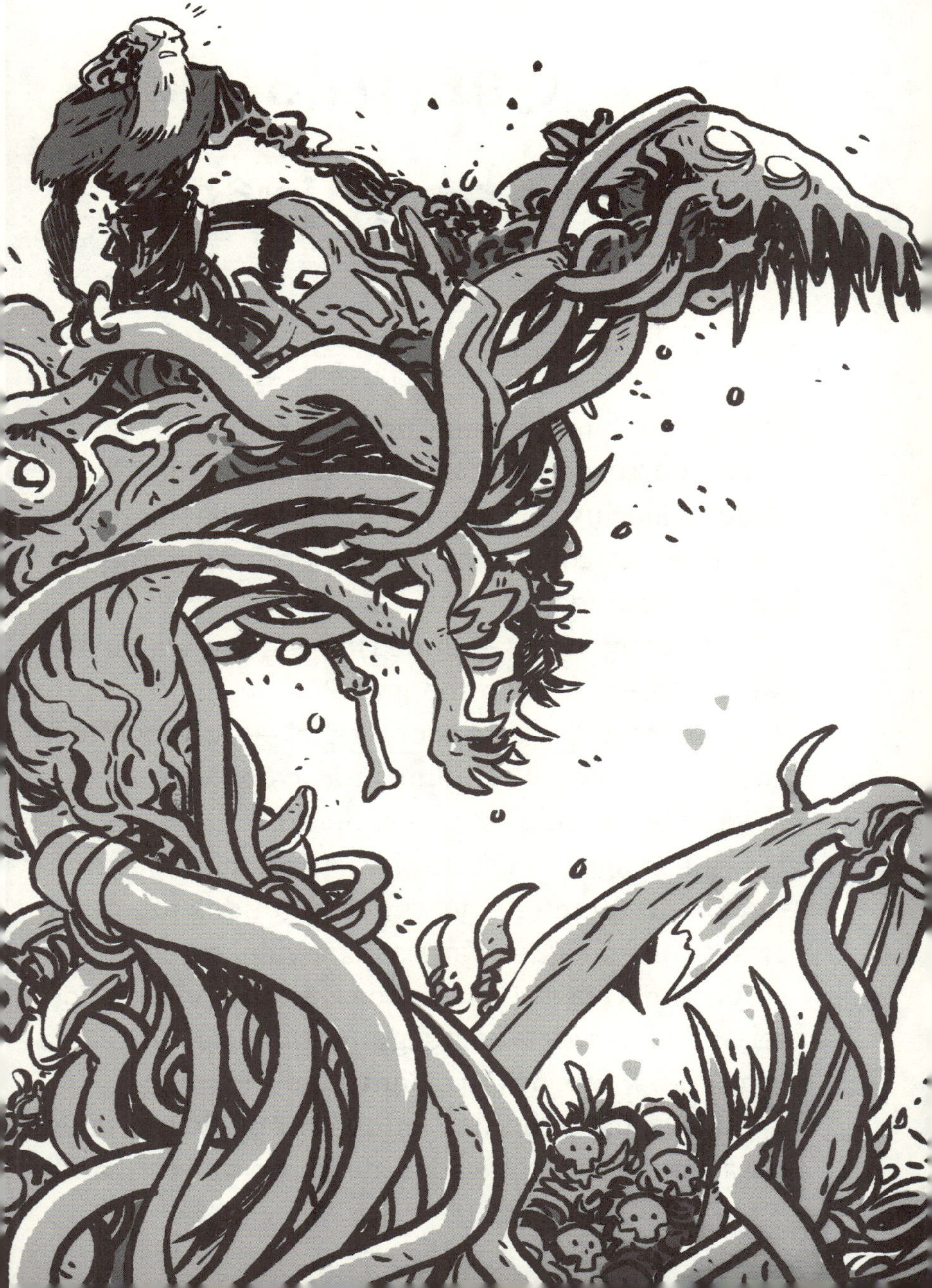

Capítulo Vinte e Três

Mas não temos apenas notícias ruins.

Lá dentro, não tem mais nenhum cidadão da Cidade Maiorlusco. Evacuar milhares de monstros não é pouca coisa, mas o novo prefeito parece estar conseguindo.

— Johnny Steve! — June ruge em seu walkie-talkie. — Você já saiu do shopping?

— O progresso está sendo feito! — Johnny Steve gorjeia de volta. — Estamos nas carapaças agora e serpenteando pelo estacionamento.

— Ei, amigos — Quint diz. — Pela minha estimativa, temos cerca de dezenove segundos até que o grande mal chegue... Vamos fazer valer a pena!

A estimativa de Quint é boa, eu conto vinte e dois segundos e, vinte e dois segundos depois, Thrull, no topo do Uivante de Ossos, entra no shopping.

Eu assisto, escondido, enquanto o Uivante aterrissa com duas toneladas de força aterrorizante, atingindo o chão como uma espécie de *monster truck* malévolo.

O shopping treme, pedaços do teto caem e uma escada rolante desmorona.

Thrull, no topo da Besta, examina a área. Ele exala nada além de calma, mas, cara, como eu quero fazê-lo exalar outra coisa (suas entranhas!).

— Covardes... — Thrull começa a dizer, antes de ouvir o vidro se quebrando acima dele...

O DIA DAS COISAS COMEÇOU CEDO!

CRASH!

Os Globos de Coisas se abrem banhando Thrull e seu corcel em Ultragosma. O Uivante de Ossos recua, sacudindo as trepadeiras em chamas. Thrull arranca pedaço de trepadeira fumegante de seu ombro.

— Alfred, Esquerda, Glurm, agora! — eu grito, balançando meu Fatiador.

Meu esquadrão de zumbis sai de trás da loja *tia Anne*!

Alfred enfia seu longo guarda-sol no Uivante de Ossos, fazendo a fera cambalear. Glurm e Esquerda estão prestes a enfiar suas armas em Thrull quando o chicote de ossos dele estala e...

Você vai pagar por isso, penso, enquanto Quint e eu voltamos ao nível mais baixo do shopping, encontrando Dirk e June.

Nesse momento, o walkie-talkie de June assobia e Johnny Steve anuncia: "As primeiras carapaças estão saindo da garagem!".

Thrull olha para o walkie-talkie na mão de June.

— Ops — digo.

— Sim, provavelmente não foi bom que Thrull tenha ouvido isso — June concorda.

Thrull desce do Uivante de Ossos e diz duas palavras na língua de Ṛeżżőcħ:

— ∂ĕşa Użqŭl:

O Uivante de Ossos late em resposta ao comando de seu mestre, então se vira e sai a galope, indo para a parte de trás do shopping.

— Ele vai atrás do Johnny Steve — digo. — E dos monstros.

Olho para meus amigos.

— Vamos acabar com o Uivante de Ossos — Dirk afirma.

Quint aperta um botão em seu cajado de conjurador.

— Vamos mantê-los seguros, isso aqui os manterá seguros!

Eu lanço um olhar para Quint, que olha de volta para nós. Nós dois nos olhamos...

> Olhar de melhor amigo com uma encarada de seriedade extra*

*OLHAR DO JACK: Tome cuidado, amigão!
*OLHAR DO QUINT: Se cuide, amigo!

E então Quint e Dirk saem correndo em direção à saída da garagem.

June olha para mim.

— Ei, Jack, me desculpe, mas... não fiquei naquele quiosque estranho tanto quanto vocês. Então... Quint é um mago agora? Foi isso que aconteceu aqui?

— Não, não, não seja boba — digo. — Ele é apenas um estagiário. Totalmente não remunerado.

June concorda com a cabeça.

— Tudo bem, então.

WAKK!!

O chicote de osso de Thrull estala, cortando o chão do shopping. O Maiorlusco estremece.

Então somos eu e June contra Thrull. E, ao longe, mais soldados de Thrull se aproximam.

Eu levanto o Fatiador, e June prepara a Arma.

— Nós vamos conseguir, certo? — pergunto.

— Sem dúvida — ela diz, enquanto balança a cabeça dizendo "não". Mas então, o monotrilho, que eu ouço antes de ver. E quando eu vejo, já é tarde demais...

O GAROTO ROUBOU MEUS PODERES... MAS EU POSSO ROUBAR O SEU!

QUEM?

AGARRADO!

O chicote de osso de Thrull se enrola no meu calcanhar me arrancando do chão! O puxão repentino do monotrilho faz com que o Fatiador escorregue da minha mão, o puxão do chicote me joga para cima e eu bato, de cara, no monotrilho em alta velocidade.

Consigo colocar a Mão Cósmica na parte de baixo do carro e fico pendurado, com os pés balançando. Olhando para trás, vejo o Fatiador bater no chão e rolar sob o portão de metal meio abaixado da *Foot Locker*. *Droga*.

Com um som diferente, o monotrilho segue fazendo a curva, passando pelo shopping a uma velocidade *muito, muito alta*. Eu coloco minha outra mão no chão do carrinho.

Acima de mim, o carro estremece e balança quando Ghazt e Thrull se chocam dentro do espaço minúsculo e confinado demais. É como um ringue de luta dentro de um armário.

Ghazt ruge:

— Eu vou tomar o seu poder!

Ele arremessa todo o peso de seu corpo de rato em Thrull. O carro e o trilho balançam quando eles batem no chão.

Mas Thrull apenas ri.

— Gazt, esta é uma deliciosa surpresa. Vim aqui apenas para destruir o menino e o Babão, mas agora vejo que há algo de mais valor a bordo...

Eu localizo o Gêiser da Vitória, o que significa que estamos voltando para o centro do shopping.

— Ei, hã, vilões! — eu chamo. — Isso parece um problema entre Thrull e Ghazt, então, se estiver tudo bem, eu vou pular e...

— Não tão rápido! — Ghazt rosna, e sua pata pesada bate na minha mão. — Você não vai sair ainda!

— Que tal todos nós sairmos desse transporte absurdo? — Thrull diz, e então...

SNAP!

Uma enorme rachadura aparece de repente no monotrilho e percebo que o chicote de ossos de Thrull acabou de cortar a pista. Imediatamente tudo colapsa e a pista desmorona, o monotrilho se inclina e tudo vai ao chão.

Eu salto de lá, me direcionando para qualquer coisa macia, e tenho sorte pousando em um ursinho de pelúcia gigante. Eu rolo para uma posição sentada bem a tempo de ver Ghazt cair no chão.

Um instante depois, o monotrilho em queda aterrissa e todo o peso do carrinho desaba sobre Ghazt.

Thrull ri.

Atrás dele, dezenas de soldados-esqueleto estão entrando no shopping. *Isso que é sair da frigideira e cair no fogo.*

Eu localizo Ghazt, encolhido sob o monotrilho acidentado. Seu corpo está torcido todo errado.

Sangue estranho, parte rato, parte monstro, começa a se acumular ao redor dele.

— VENHA AQUI! — Thrull ruge.

Seu chicote de ossos estala, procurando e encontrando Ghazt. Thrull aperta e puxa Ghazt no ar, depois o joga de volta com tanta força que o shopping estremece.

> ISSO É MELHOR DO QUE EU ESPERAVA. VOU MATAR JACK E LEVAR VOCÊ, GHAZT, SUA BESTA TRAIDORA E DESLEAL. CONHEÇO UMA CRIATURA QUE VAI ARRANCAR A INFORMAÇÃO DO SEU CÉREBRO.

Hã?, eu penso. *De que informação ele está falando?*
Thrull se ajoelha, rosnando:
— Tenho grandes planos, Ghazt, mas para completá-los preciso do que está na sua cabeça. E eu vou conseguir...

Não estou entendendo nada, mas agora não é hora de descobrir.

Com o canto do olho, vejo Evie, que está assistindo a tudo do nível superior. Ela deve saber que Ghazt está acabado e deve saber que isso significa que ela está acabada também, porque se vira e corre.

Ghazt continua se contorcendo no chão embaixo de Thrull, que agora volta sua atenção para mim.

— E, Jack, não pense que me esqueci de você. Eu não tenho nenhum uso para você, então simplesmente te destruirei.

Eu procuro ajuda, mas não vejo ninguém.

Então, a voz de June atrás de mim diz:

— Jack, nós ganhamos a eleição, isso significa que: é hora da festa.

— Desculpa, o quê? — pergunto.

— Hora da festa. Você sabe... até o chão!

— Eu realmente não sei o que...

BUUM!

Percebo o que June quer dizer uma fração de segundo depois de ouvir o estrondo.

Eu me jogo no chão, com as mãos sobre a cabeça, quando...

Tudo parece acontecer em câmera lenta, como se eu estivesse assistindo a um *replay* instantâneo.

Agora entendo o que Dirk e o Babão estavam fazendo antes de enfrentarmos o exército de esqueletos: litros e mais litros de gosma do Babão foram despejados no Gêiser da Vitória, transformando-o em um enorme canhão de Ultragosma.

Confete molhado explode para fora do gêiser. Depois vêm as bolas-urnas, milhares delas, cada uma agora se transformando num projétil embebido em Ultragosma, zunindo em direção a Thrull e seu exército.

Eu vejo o chicote de ossos de Thrull apertar em torno de Ghazt, levantando-o, assim que...

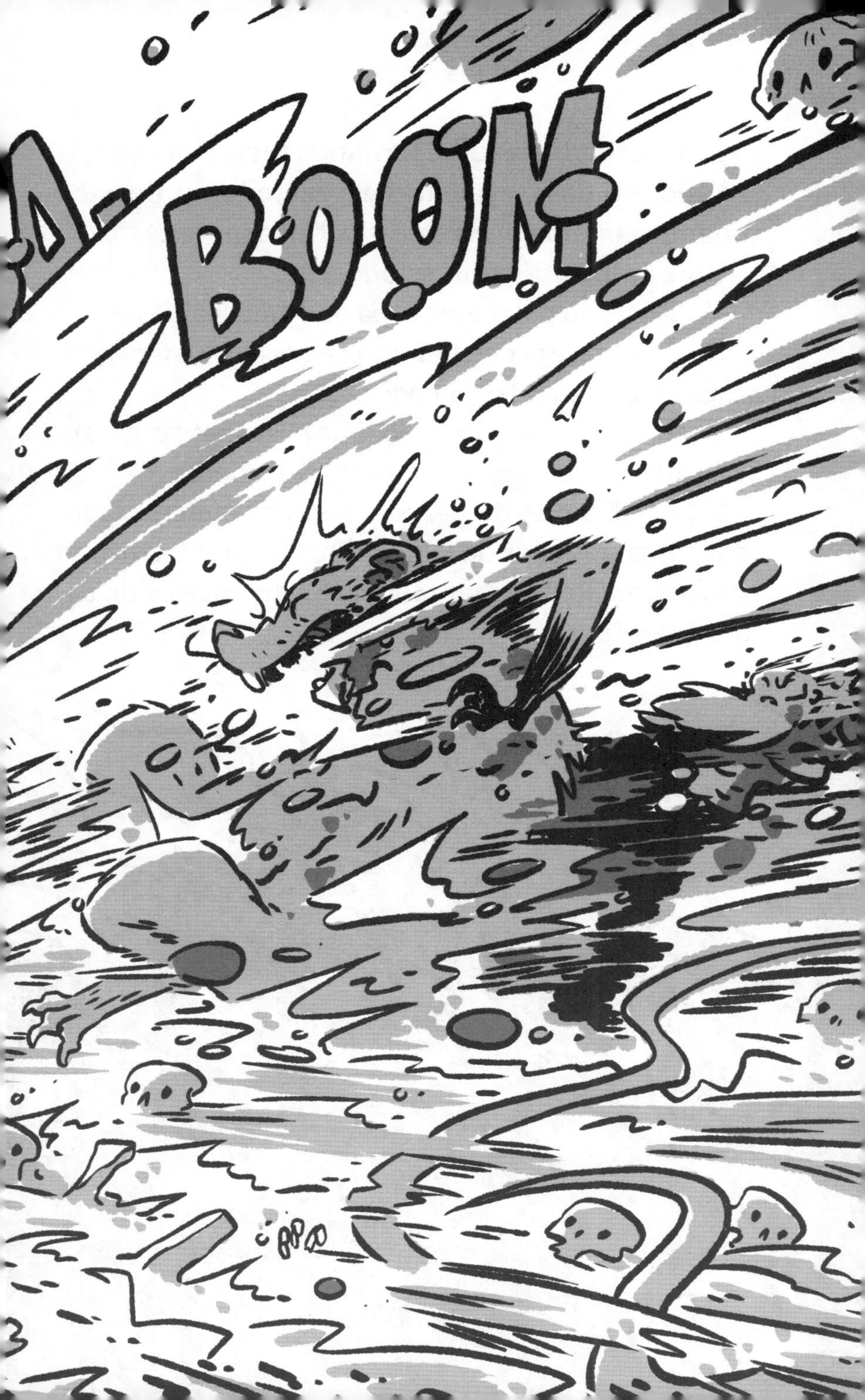
BOOM

June acabou com tudo. Terminou tudo. Fim de jogo.

Vapor sai das trepadeiras e o exército cai, desmoronando em uma pilha de ossos fumegantes.

June acabou de ganhar *tudo*. Ela...

— Não... — a palavra escapa dos meus lábios.

E quero tanto não ter dito aquela palavra que quase coloco as mãos na boca.

O vapor se dissipa e vejo Ghazt suspenso no ar. Sua cauda bate suavemente contra o chão.

E Thrull, ainda de pé, com seu chicote enrolado com força ao redor de Ghazt. Thrull usou o chicote para puxar Ghazt e mantê-lo no lugar: um escudo de rato gigante.

> AI, AI... TANTO ESFORÇO SÓ PRA FERIR O ROEDOR...

O sorriso de June dá lugar a um choque horrorizado. Era isso: nosso único tiro. E nós o disparamos. Mas o tiro falhou.

Meus olhos disparam. O Fatiador. Eu o vejo, muito longe, dentro do *Foot Locker*.

Thrull também vê.

— Não há nada que você possa fazer sem o seu bastãozinho, não é?

Mas há algo que eu posso fazer. Alfred, Esquerda e Glurm estão no shopping, em algum lugar. E...

Eu olho para a Mão Cósmica. Poderia fazer o que fiz no Parque Aquático. Eu poderia controlá-los apenas com a Mão Cósmica. E poderia, talvez, enviá-los gritando em direção a Thrull com suas armas salpicadas de Ultragosma.

Mas pela minha mente está correndo um maremoto de memórias. Memórias e erros. Tudo que deu errado desde que usei a Mão Cósmica, sozinho, para comandar Alfred. Tantas coisas que fiz sem pensar...

Agarrando a trepadeira que me permitiu ver Thrull... e também permitiu que Thrull me visse.

Controlando Alfred... e revelando nossa localização para as forças do Thrull.

Agarrando o Uivante e colocando o Maiorlusco em uma jornada dolorosa em direção ao nosso inimigo...

Tudo o que eu fiz nos trouxe até aqui, até este momento.

Talvez Dirk e Quint possam derrotar o Uivante de Ossos, talvez os monstros escapem nas carapaças, talvez June possa sair deste shopping.

Mas e eu?

Enquanto Thrull caminha em minha direção, com um frio gelado irradiando de seu chicote de ossos e correndo sobre mim como uma morte iminente, não tenho certeza de que vou conseguir.

Não. Estou mais perto de ter certeza de que *não vou* conseguir.

A Mão Cósmica pulsa uma vez e eu sei o que tenho que fazer...

Capítulo Vinte e Quatro

Eu me jogo no chão, estendendo a Mão Cósmica, procurando algo e agarrando! Sinto o poder — indefinido, desconhecido — percorrendo a mão; e com essa mão e o que encontro com ela, sou capaz de alcançar todos os monstros a bordo, até a garagem e sua saída...

Ei, cidadãos da Cidade Maiorlusco, aqui é o Jack Sullivan. Mais cedo, disse que líderes não mentem. E aqui vai a verdade: hoje não foi bom. Não sei se verei vocês de novo.

Se não vir, por favor, lembrem-se, nesta luta, se trabalharem juntos, podem revidar e conseguir vencer. Essa é a verdade.

Abro minha mão e o microfone cai batendo no chão quebrado. Isso é tudo o que posso fazer.

Ghazt choraminga: um guincho tão suave que mal o ouço.

— Shhhhh — Thrull diz, cruelmente, apertando o chicote até Ghazt ficar em silêncio. E então...

FA-SHINK!

Ghazt cai quando o chicote de ossos de Thrull se endireita e vira uma longa lâmina apontada para minha garganta.

A voz de Thrull é um rosnado irregular.

— Você nem tentou alcançar a sua arma. Para alguém que me causou tantos problemas, eu esperava mais. Você também esperava mais? Eu acho que sim. Não tenha medo, há mais por vir. Sabe, Jack...

> VOU ACABAR COM VOCÊ AGORA. VOCÊ, O MENINO, VAI PERECER. MAS SEU ESQUELETO SE ERGUERÁ PELAS MINHAS MÃOS. E, ENTÃO, VOU USAR VOCÊ PARA DESTRUIR SEUS AMIGOS, ATÉ O ÚLTIMO DELES.

Engulo em seco.

Então ouço uma voz.

— Pare onde está, Thrull.

Hã? Quem disse isso? Levanto a cabeça e fico de queixo caído e de olhos arregalados.

É Johnny Steve. E ele não está sozinho. Em cada andar do shopping, monstros estão debruçados nos parapeitos.

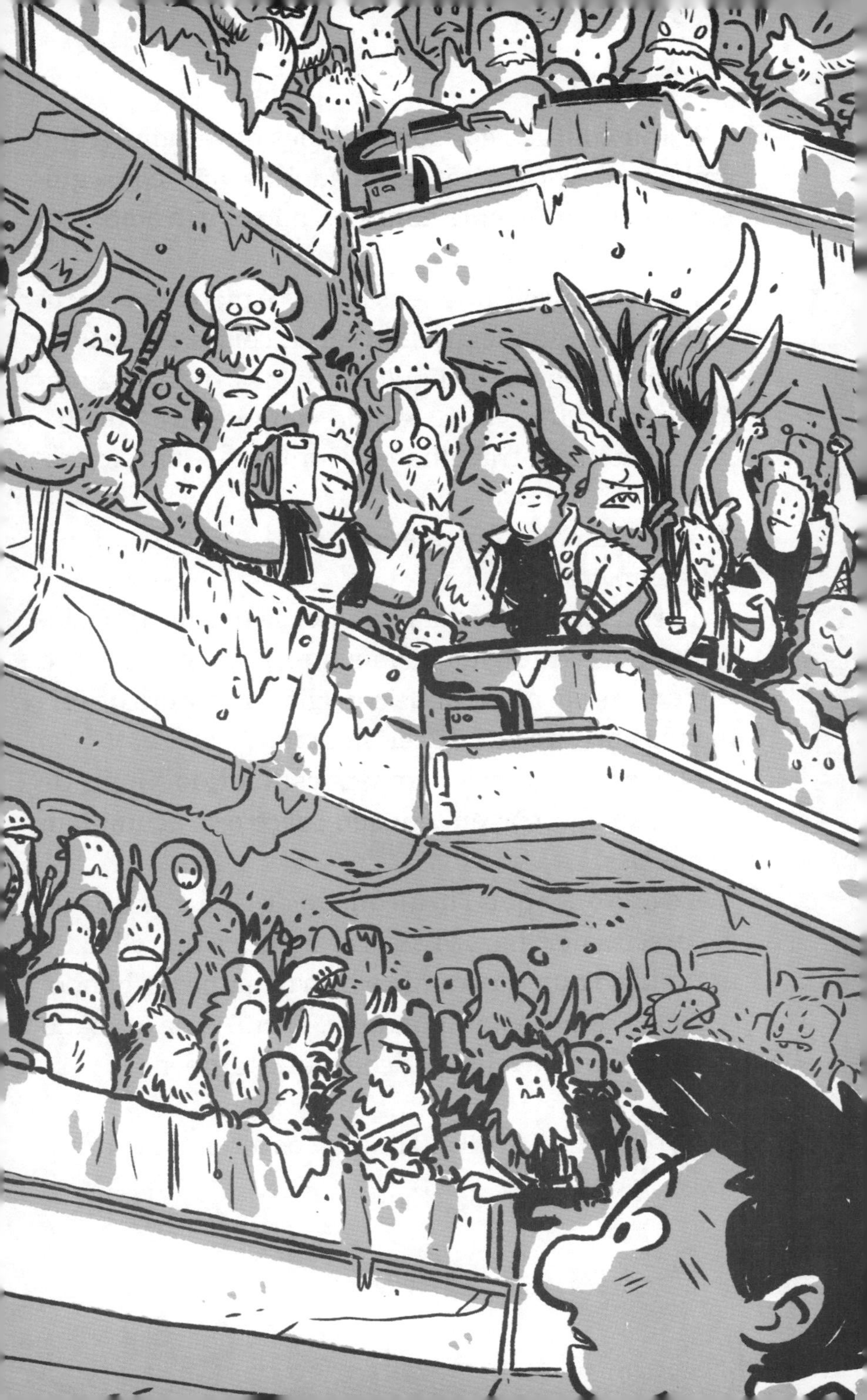

Estou confuso e assustado, eles deveriam ter ido embora, deveriam ter escapado! Se não conseguimos tempo suficiente para eles, não os salvamos, então tudo isso foi em vão.

Mas então vejo que seus braços e mãos estão ocupados, eles estão segurando várias coisas: pistolas de água, bolas cheias de líquido e baldes; tudo está pingando com Ultragosma e tudo voltado para Thrull.

— Estamos trabalhando juntos — um monstro diz.

— Estamos contra-atacando — outro monstro completa.

Thrull olha para cima, sua perna esquerda se dobra, depois fica rígida novamente. É um movimento rápido e se ele não tivesse corrigido a postura de forma tão abrupta eu não teria notado.

Mas está claro: ele também está ferido. Gotas de Ultragosma escorrem por seu braço e se acumulam a seus pés.

E o que quer que Thrull queira de Ghazt, acho que ele precisa de Ghazt vivo. Isso significa que Ghazt é um relógio quase parando e com o tempo acabando.

Sem o retorno dos monstros, Thrull teria acabado comigo. E provavelmente com June também.

Mas agora...

Os olhos de Thrull examinam os monstros por todos os lados.

EU VEREI TODOS VOCÊS DE NOVO. E NESTE DIA, SERVIR E SE AJOELHAR PARA MIM NÃO SERÃO OPÇÕES. HAVERÁ APENAS MORTE PARA VOCÊS.

Seus olhos se voltam para mim, me olhando fixamente. Não é apenas uma promessa de que ele vai me ver de novo, isso é certo. É mais do que isso...

Graças à Mão Cósmica, estou ligado para sempre a esta luta. Eu não posso pular fora, não posso simplesmente desistir. Mesmo que eu quisesse.

E tenho a sensação de que Thrull está pensando em algo semelhante, é como se nossos destinos estivessem entrelaçados.

Mão Cósmica ou não, Thrull nunca vai desistir. Ele não vai desistir até ter me destruído, Jack Sullivan, o garoto idiota que nunca consegue superá-lo totalmente, nunca consegue derrotá-lo, mas continua sendo um espinho pós-apocalíptico em seu caminho...

Não, Thrull não ficará satisfeito até que eu esteja morto.

Com um estalo, ele puxa Ghazt para cima, içando o enorme corpo de rato por cima do ombro.

Thrull se vira e um ganido rouco e doloroso sai dos lábios de Ghazt quando eles partem. E então, com um golpe final do chicote, Thrull esmaga o pilar que sustenta a sede da praça de alimentação de Evie e Ghazt, que desmorona em um monte de escombros.

E quando a fumaça e a poeira se dissipam, Thrull se foi e Ghazt se foi com ele.

Capítulo Vinte e Cinco

O ataque seguinte vem pelas minhas costas. É um ataque de abraços, cortesia de June Del Toro.

Ela pula sobre mim, me gira e me joga no chão.

Aee! Uma minivitória!

— É assim que você chama tudo isso? — pergunto.
June se senta, quase rindo.

— Ei, melhor do que uma miniderrota. Quero dizer, nós sobrevivemos, Evie fugiu, Ghazt está frito e agora temos milhares de monstros dispostos a lutar!

Ela está certa sobre tudo isso e eu estou definitivamente feliz, mas...

— Também parece que Thrull vai tentar obter algumas informações de Ghazt. Fazer alguma coisa. O que não parece... nada bom?

— Shh — June faz. — Apenas me deixe ter essa pequena vitória. Que todos nós tenhamos isso. Incluindo você.

— O prefeito declara que este é um dia de festa! — Johnny Steve grita. Ele está acenando com uma garrafa de dois litros de refrigerante de uva e espuma está voando por toda parte.

Isso me faz rir junto com June.

— Johnny Steve, sua gerente de campanha está 100% de acordo — June fala.

— Agora, onde estão Dirk e Quint? Eu quero começar a festa real agora.

Eu percebo que não faço ideia. Eles deveriam estar aqui, comemorando conosco. É assim que sempre terminamos essas aventuras! Por que eles não estão aqui?

Uma voz de repente fala, cansada e rouca.

— O cajado de conjurador de Quint... Alguma coisa...

É Yursl, arrastando-se lentamente em nossa direção, ela parece perto do colapso.

— Algo deu errado...

O sangue desaparece do rosto de June.

— O quê?

Meu coração começa a bater forte e minhas pernas parecem fracas, fracas demais para ficar de pé, então fico grato quando June se levanta e me ajuda a levantar, me levando para fora, para os fundos do shopping, o último lugar para onde Quint e Dirk foram.

Mas quando vejo o que está lá, estou pronto para me sentar novamente. Estamos olhando para um buraco fumegante na terra. Deitado no buraco está a metade traseira do Uivante de Ossos, que foi perfeitamente cortado em dois. A metade da frente do corpo? Não está lá.

Apenas... desapareceu.

Assim como Quint e Dirk.

Eu afundo no chão.

Olho em volta, desesperado para ver Quint sair de trás de uma pedra, gritando "Te peguei!". Ou Dirk pulando, rindo, dizendo: "Olha como eles estavam apavorados!".

Mas isso não acontece.

Eu não vejo meus amigos, não vejo Thrull ou seu exército ou nada disso.

Mas vejo Evie. Ao longe, no meu BuumKart. Ela está se afastando, indo para quem sabe onde...

Olho para June, esperando que ela tenha algo reconfortante para dizer, mas ela não tem. June parece que levou um soco no estômago e apenas pega a minha mão.

E ficamos lá, esperando nossos amigos voltarem.

Nós ficamos lá por um longo tempo.

CONTINUA...

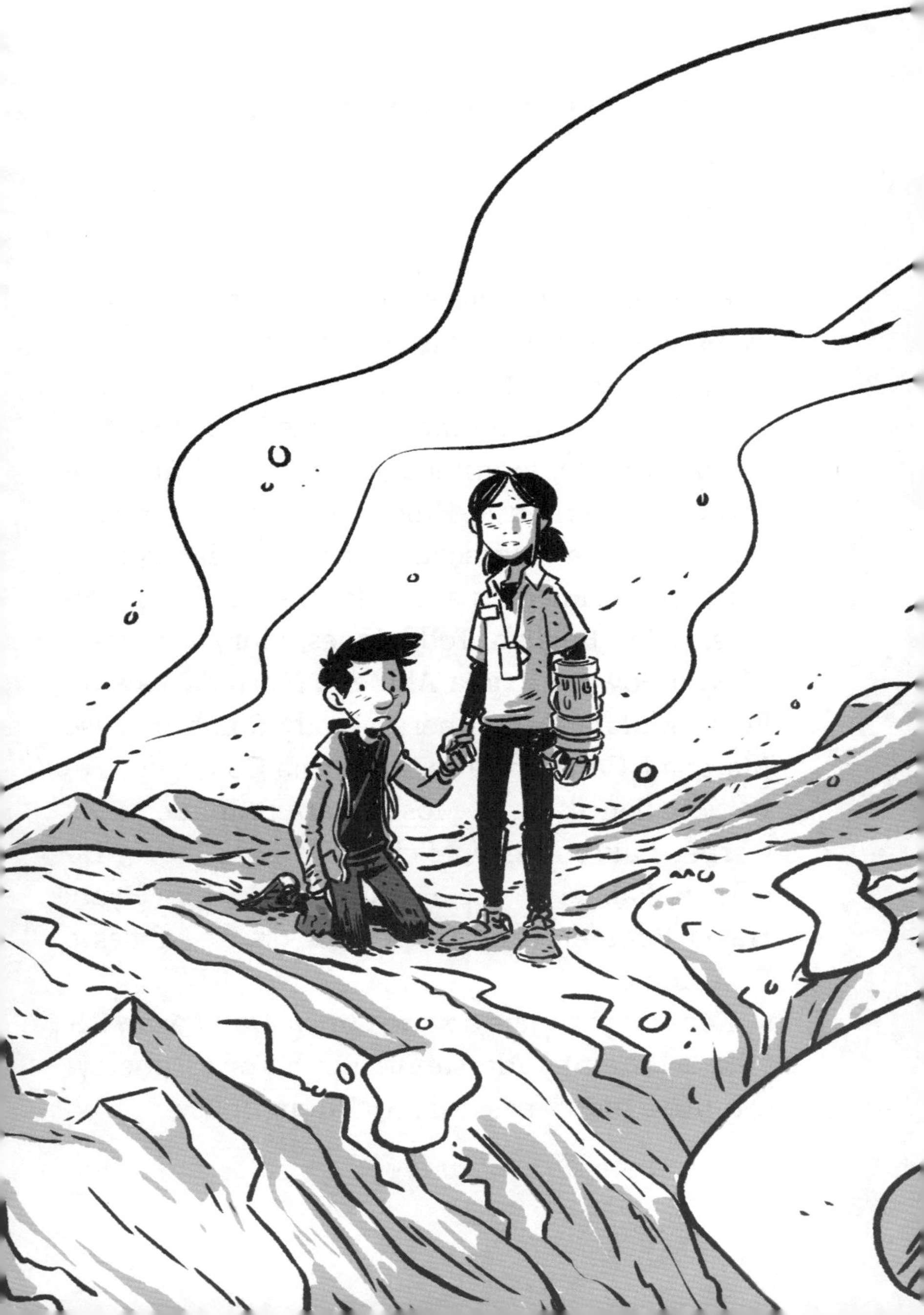

Agradecimentos

Este foi o livro mais difícil até agora e sou tremendamente grato a várias pessoas.

Dana Leydig e Leila Sales, por me ajudarem a encontrar meu caminho. Douglas Holgate e Jim Hoover, é claro. Jennifer Dee, por me manter ocupado. Josh Pruett e Haley Mancini, por serem inteligentes e engraçados. E meus intermináveis agradecimentos a Felicia Frazier, Debra Polansky, Joe English, Todd Jones, Mary McGrath, Abigail Powers, Krista Ahlberg, Marinda Valenti, Sola Akinlana, Mia Alberro, Emily Romero, Elyse Marshall, Carmela Iaria, Christina Colangelo, Felicity Vallence, Sarah Moses, Kara Brammer, Alex Garber, Lauren Festa, Michael Hetrick, Trevor Ingerson, Rachel Wease, Lyana Salcedo, Kim Ryan, Helen Boomer e todo o pessoal da PYR Sales e PYR Audio.

Ken Wright, mais do que nunca. Dan Lazar, Cecilia de la Campa, Alessandra Birch, Torie Doherty-Munro e todo o pessoal da Writers House.

MAX BRALLIER!

(maxbrallier.com) é autor de mais de trinta livros e jogos. Ele escreve livros infantis e livros para adultos, incluindo a série *Salsichas Galácticas*. Também escreve conteúdo para licenças, incluindo *Hora da Aventura, Apenas um Show, Steven Universe, Titio Avô* e *Poptropica*.

Sob o pseudônimo de Jack Chabert, ele é o criador e autor da série *Eerie Elementary da* Scholastic Books, além de autor da graphic novel *best-seller* número 1 do *New York Times, Poptropica: Book 1: Mystery of the Map*. Nos velhos tempos, ele trabalhava no departamento de marketing da St. Martin's Press. Max vive em Nova York com a esposa, Alyse, que é boa demais para ele. E sua filha, Lila, é simplesmente a melhor.

DOUGLAS HOLGATE!

(skullduggery.com.au) é um artista e ilustrador freelancer de quadrinhos, baseado em Melbourne, na Austrália, há mais de dez anos. Ele ilustrou livros para editoras como HarperCollins, Penguin Random House, Hachette e Simon & Schuster, incluindo a série *Planet Tad, Cheesie Mack, Case File 13* e *Zoo Sleepover*.

Douglas ilustrou quadrinhos para Image, Dynamite Abrams e Penguin Random House. Atualmente está trabalhando na série autopublicada Maralinga, que recebeu financiamento da Sociedade Australiana de Autores e do Conselho Vitoriano de Artes, além da *graphic novel Clem Hetherington and the Ironwood Race*, publicada pela Scholastic Graphix, ambas cocriadas com a escritora Jen Breach.

ASSINE NOSSA NEWSLETTER E RECEBA INFORMAÇÕES DE TODOS OS LANÇAMENTOS

www.faroeditorial.com.br

FARO EDITORIAL

ESTA OBRA FOI IMPRESSA EM
MAIO DE 2023